Las CRÓNICAS de

NARNIA ®

C. S. LEWIS

La Travesía del
Viajero del Alba

Las CRÓNICAS de
NARNIA®
C. S. LEWIS

La Travesía del
Viajero del Alba

Traducción de Gemma Gallart
Ilustraciones de Pauline Baynes

rayo

Una rama de HarperCollins*Publishers*

PRIMERA EDICIÓN RAYO, 2005

Library of Congress ha catalogado la edición en inglés.

ISBN-13: 978-0-06-088429-1
ISBN-10: 0-06-088429-0

05 06 07 08 09 DIX/CW 10 9 8 7 6 5 4 3 2 1

Para Geoffrey Barfield

Plano del
Viajero del Alba

CASTILLO DE PROA

POPA

Caña del timón

Vigía

Bote
Gallinero

Escotilla

Toldilla

Camarote de Lucy

Camarote de Drinian

Camarote de popa

Camarote de Caspian

Cocina

Estribor

Babor

ÍNDICE

TIERRAS SALVAJES
DEL NORTE

NARNIA

LAS SIETE

MUIL   Fondeadero

BRENN

LA ENSEN
DE
CALORME

GALMA

Cair Paravel

TEREBINTHIA

ARCHENLAND

CALORMEN

DA

N

Aquí aproximadamente
subieron a la nave

LAS ISLAS SOLITARIAS

FELIMATH   AVRA

DOORN

La primera
parte del
VIAJE

EL GRAN OCÉANO ORIENTAL

CAPÍTULO 1

El cuadro del dormitorio

Había una vez un chico llamado Eustace Clarence Scrubb, y casi se merecía tal nombre. Sus padres lo llamaban Eustace Clarence y los profesores, Scrubb. No puedo decirte cómo se dirigían a él sus amigos porque no tenía. Él, por su parte, no llamaba a su padre y a su madre «papá» y «mamá», sino Harold y Alberta. Eran una familia muy progresista y moderna, y, además, eran vegetarianos, no fumaban ni bebían alcohol y llevaban ropa interior especial. En su casa había muy pocos muebles y muy poca ropa en las

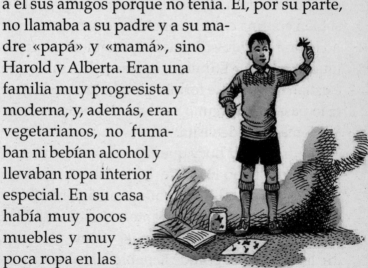

camas; además, las ventanas estaban siempre abiertas.

A Eustace Clarence le gustaban los animales, en especial los escarabajos si estaban muertos y clavados con un alfiler en una cartulina; también le gustaban los libros si eran de divulgación y tenían fotografías de elevadores de grano o de niños extranjeros gordos que hacían ejercicio en escuelas modelo.

Eustace Clarence sentía aversión por sus primos, los cuatro Pevensie: Peter, Susan, Edmund y Lucy; pero se alegró bastante al enterarse de que Edmund y Lucy irían a pasar con él una temporada. En lo más profundo de su ser sentía una gran debilidad por mangonear e intimidar a la gente y, si bien era una criatura enclenque y menuda que no habría podido enfrentarse ni siquiera a Lucy, y mucho menos a Edmund, en una pelea, sabía que existían docenas de formas para hacer que la gente lo pasara mal si uno estaba en su propia casa y los demás sólo de visita.

Ni Edmund ni Lucy querían ir a pasar una temporada con el tío Harold y la tía Alberta, pero no había otro remedio. Su padre había conseguido un trabajo como conferenciante en Estados Unidos durante dieciséis semanas aquel verano, y su madre iba a ir con él porque la pobre no había disfrutado de unas auténticas vacaciones desde hacía diez años. Peter estaba estudiando mucho para aprobar un examen y pasaría las vacaciones dando clases con el anciano profesor Kirke, en cuya casa los cuatro niños habían disfrutado de maravillosas aventuras tiempo atrás, en los años de la guerra. Si el profesor hubiera seguido en su antigua vivienda los habría invitado a todos a quedarse con él; pero su situación económica había empeorado bastante desde entonces y vivía en una casa pequeña con una única habitación de invitados. Como habría costado demasiado dinero llevar a los tres niños restantes a Estados Unidos, sólo había podido ir Susan.

Susan era la más bonita de la familia, en opinión de las personas mayores, y no demasiado buena en los estudios —aunque por lo demás muy madura para su edad— y su madre dijo que «obtendría mucho más del viaje a Estados Unidos que los más pequeños». Edmund y Lucy intentaron no tomarse a mal la suerte de su hermana, pero resultaba espantoso tener que pasar las vacaciones de verano en casa de su tía.

—Pero es mucho peor para mí —dijo Edmund—, porque tú, al menos, tendrás tu propia habitación, y yo tendré que compartir el dormitorio con ese odioso Eustace.

El relato se inicia un tarde en que Edmund y Lucy habían conseguido pasar unos minutos preciosos los dos juntos. Y como es natural hablaban de Narnia, que era el nombre de su mundo particular y secreto. Supongo que casi todos nosotros poseemos un país secreto, pero para la mayoría no es más que un país imaginario. Edmund y Lucy tenían más suerte que otras personas en ese sentido, pues su mundo secreto era real y lo habían visitado ya en dos ocasiones; no jugando o en sueños sino en la realidad. Desde luego habían llegado allí mediante la magia, que es el único modo de acceder a Narnia. Y en la misma Narnia se les había hecho la promesa, o algo muy parecido a una promesa, de que regresarían algún día. Puedes imaginar, por lo tanto, que hablaban largo y tendido sobre ello cada vez que tenían la oportunidad.

Estaban en la habitación de Lucy, sentados en el borde de la cama y contemplando un cuadro situado en la pared opuesta. Era el único cuadro de la casa que les gustaba. A tía Alberta no le gustaba nada —motivo por el que había ido a parar a una pequeña habitación trasera del piso superior de la casa—, pero no podía deshacerse de él ya que había sido un regalo de boda de una persona a la que no quería ofender.

Era la pintura de un barco; un barco que navegaba directo hacia el espectador. La proa era dorada y tenía la forma de la cabeza de un dragón con las fauces totalmente abiertas. Poseía un único mástil y una vela cuadrada enorme de un intenso color púrpura, y los costados de la nave —lo que uno podía ver de ellos donde terminaban las alas doradas del dragón— eran verdes. El navío acababa de ascender a lo alto de una soberbia ola azul, cuya pendiente frontal descendía vertiginosamente hacia el observador, veteada de espuma y burbujas. Era evidente que el barco navegaba a toda vela con el viento a favor, y ligeramente escorado a babor. (A propósito, para poder leer este relato, y por si no lo sabías, será mejor que recuerdes que el lado izquierdo de un barco cuando miras al frente se llama «babor» y el lado derecho, «estribor».) Toda la luz del sol caía sobre la nave desde babor y allí el agua estaba llena de tonos verdes y morados, mientras que en el otro lado era de un azul más oscuro debido a la sombra que proyectaba la embarcación.

—La cuestión es si no empeora las cosas contemplar un barco narniano cuando uno no puede ir a Narnia —dijo Edmund.

—Pero mirar es mejor que nada —repuso su hermana—. Y es una nave tan narniana...

—¿Todavía seguís con esa canción? —inquirió Eustace Clarence, que había estado escuchando al otro lado de la puerta y entraba entonces con una sonrisa de oreja a oreja.

El año anterior, mientras pasaba unos días con los Pevensie, se las había arreglado para escucharlos mientras hablaban sobre Narnia y le encantaba mencionarlo en tono burlón. Desde luego pensaba que todo eran invenciones de sus primos; y puesto que él era demasiado estúpido para inventar algo, no le parecía nada bien.

—Márchate, no queremos verte —dijo Edmund en tono cortante.

—Intentaba pensar en un poema humorístico —respondió él—. Algo parecido a esto:

Unos niños que cosas sobre Narnia se inventaron,
la sesera perdieron poco a poco...

—Vaya, pues para empezar, «inventaron» y «poco» no riman —dijo Lucy.

—Es una asonancia —indicó Eustace.

—No le preguntes qué es una «aso» lo que sea —advirtió Edmund—. Está deseando que lo hagamos. No digas nada y a lo mejor se va.

Muchos niños, ante un recibimiento parecido, o bien se habrían marchado o se habrían enfurecido. Eustace no hizo ninguna de las dos cosas, sino que se limitó a permanecer allí con una sonrisa estúpida en el rostro, y al cabo de un rato volvió a hablar.

—¿Os gusta ese cuadro? —preguntó.

—Por el amor de Dios, que no empiece ahora con ese rollo sobre el arte —se apresuró a decir Edmund, pero Lucy, que era muy sincera, ya había respondido.

—Sí, me gusta mucho.

—Es una pintura asquerosa —dijo Eustace.

—Pues no tendrás que verla si sales de la habitación —replicó Edmund.

—¿Por qué te gusta? —preguntó Eustace a Lucy.

—Bueno, pues para empezar —contestó ésta— porque parece que el barco se mueve de verdad. Y el agua parece realmente líquida. Y las olas dan la impresión de subir y bajar como si fueran reales.

Desde luego Eustace conocía gran cantidad de respuestas para aquello, pero no dijo nada, y el motivo fue que en aquel momento miró las olas y vio que sí daban la impresión de ascender y descender. Había estado en un barco solamente en una ocasión (aunque no había ido más allá de la isla de Wight) y se había mareado muchísimo, y, ahora, el aspecto de las olas del cuadro volvía a provocarle náuseas. Su rostro adquirió una tonalidad verdosa pero intentó mirar de nuevo el cuadro. Y entonces los tres niños se quedaron boquiabiertos.

Lo que veían puede resultar difícil de creer leído en letra impresa, pero resultaba casi igual de difícil de creer cuando ellos lo vieron con sus propios ojos. Los objetos del cuadro se movían. Ni siquiera se parecía a una película; los colores eran demasiado reales, nítidos y naturales para eso. La proa del barco descendió al interior de una ola lanzando al aire una cortina de agua. Y la ola ascendió detrás de éste, y la popa y la cubierta resultaron visibles por vez primera, y a continuación desaparecieron cuando la siguiente ola fue a su encuentro y la proa volvió a ascender. Al mismo tiempo un cuaderno que había junto a Edmund, sobre la cama, aleteó, se alzó y salió volando por los aires hasta la pared situada detrás, y Lucy sintió que sus cabellos se arremolinaban con fuerza como sucede en un día ventoso. ¡Y lo cierto es que era un día ventoso!, pero el viento soplaba sobre ellos desde el cuadro. Y de repente, junto con el viento llegaron los sonidos; el rumor de las olas y el chapoteo del agua contra los costados de la nave y los crujidos y el dominante rugido general del aire y el agua. Pero fue el olor, el profundo olor salino, lo que realmente convenció a la niña de que no soñaba.

—Basta —oyeron decir a Eustace, con un chillido de terror y mal genio—. No es más que algún absurdo truco vuestro. Basta ya. Se lo diré a Alberta... ¡Ay!

Los otros dos estaban mucho más acostumbrados a las aventuras, pero, justo en el mismo instante en que Eustace Clarence decía «¡Ay!», también ellos dos exclamaron «¡Ay!». El motivo era que un gran chorro de fría agua salada había surgido del marco y el violento impacto los había dejado sin aliento, además de empapados de pies a cabeza.

—Voy a destrozar esa cosa repugnante —gritó Eustace.

En aquel momento sucedieron varias cosas a la vez. Eustace se abalanzó sobre la pintura. Edmund, que sabía algo sobre magia, saltó tras él, advirtiéndole que tuviera cuidado y no fuera idiota. Lucy intentó sujetar a su primo desde el otro lado y se vio arrastrada al frente. Y para entonces o bien ellos se habían vuelto muy pequeños o bien el cuadro había crecido, pues Eustace saltó para intentar arrancarlo de la pared y se encontró de pie sobre el marco; frente a él no había un cristal sino un mar auténtico, y el viento y las olas se abalanzaban hacia el marco como lo harían hacia una roca. El pánico se apoderó del niño, que se aferró a los otros dos, que habían saltado al marco detrás de él. Se produjo un instante de for- cejeos y gritos, y justo cuando pensaban que habían recuperado el equilibrio, una enorme ola azul se

alzó a su alrededor, los derribó y los arrastró al agua. El grito de desesperación de Eustace se ahogó bruscamente al llenársele de agua la boca.

Lucy dio gracias al cielo por haberse esforzado tanto por mejorar su natación durante el trimestre de verano. Es cierto que le habría ido mucho mejor si hubiera empleado una brazada más lenta, pero es que además el agua resultaba bastante más fría de lo que parecía en la pintura. Aun así, mantuvo la serenidad y se quitó los zapatos con una sacudida de los pies, como debe hacer todo aquel que cae vestido a aguas profundas. Incluso mantuvo la boca cerrada y los ojos abiertos. Se encontraban todavía bastante cerca del barco; vio como el costado verde de la nave se alzaba sobre sus cabezas, y a gente que miraba desde la cubierta. Entonces, como era de esperar, Eustace se agarró a ella, presa del pánico, y los dos se hundieron.

Cuando volvieron a salir a la superficie, la niña vio una figura blanca que se zambullía desde el costado del buque. Edmund ya estaba cerca de ella, pataleando en el agua, y había agarrado los brazos del vociferante Eustace. Luego otra persona, cuyo rostro resultaba vagamente familiar, le pasó a Lucy un brazo por debajo desde el otro lado. En el barco la gente gritaba, las cabezas se agolpaban en la borda y arrojaban al mar gran cantidad de cuerdas. Edmund y el desconocido le sujetaron cuerdas a la cintura. Después de aquello siguió lo que pareció una larga espera, en la que su rostro se tornó azulado y los dientes empezaron a castañetearle. En realidad la demora no fue muy larga; lo que hacían era esperar el momento en que pudieran izarla a bordo de la nave sin que se estrellara contra el costado del barco. A pesar de todos los esfuerzos, Lucy descubrió que tenía una rodi-

lla magullada cuando por fin se encontró de pie en la cubierta, chorreando y temblando de frío. Después de ella izaron a Edmund, y por último al desconsolado Eustace. El último en subir fue el desconocido: un muchacho de melena dorada unos cuantos años mayor que Lucy.

—¡Ca... Ca... Caspian! —dijo la niña con un grito ahogado en cuanto tuvo aliento suficiente para ello.

Verdaderamente se trataba de Caspian; Caspian, el niño rey de Narnia al que habían ayudado a acceder al trono durante su última visita. Inmediatamente Edmund también lo reconoció y los tres se estrecharon las manos y se palmearon la espalda mutuamente con gran alegría.

—Y ¿quién es vuestro amigo? —dijo Caspian casi al momento, volviéndose hacia Eustace con su jovial sonrisa.

Pero Eustace lloraba más fuerte de lo que corresponde a un muchacho de su edad al que no le ha sucedido nada peor que haberse mojado hasta los huesos, y se limitó a chillar a voz en grito:

—¡Soltadme! ¡Dejadme regresar! ¡Esto no me gusta!

Corrió hacia el costado del barco, como si esperase ver el marco del cuadro colgando por encima del mar, o tal vez una fugaz visión del dormitorio de Lucy. Lo que vio fueron olas azules salpicadas de espuma y un cielo de un azul más pálido, ambos extendiéndose sin interrupción hasta la línea del horizonte. Tal vez no debamos culparlo si sintió que se le caía el alma a los pies. No tardó ni un minuto en vomitar.

—¡Eh! Rynelf —gritó Caspian a uno de los marineros—. Trae vino aromático a Sus Majestades. Necesitaréis algo que os ayude a entrar en calor después de ese chapuzón.

Llamaba Majestades a Edmund y a Lucy porque ellos, junto con Peter y Susan, habían sido reyes y reinas de Narnia mucho antes que él. El tiempo en Narnia discurre de un modo muy distinto al nuestro, y aunque uno pase cien años en Narnia, regresará a su propio mundo a la misma hora del mismo día en que se fue. Y luego, si uno regresa a Narnia al cabo de una semana, descubrirá que pueden haber transcurrido mil años de tiempo narniano, o sólo un día o ni un minuto. Nunca se sabe hasta que se llega allí. Por consiguiente, cuando los niños Pevensie regresaron a Narnia la última vez para su segunda visita a aquel mundo, fue —para los narnianos— como si el rey Arturo hubiera regresado a Gran Bretaña, como algunas personas dicen que hará. Y yo diría que, cuanto antes lo haga, mejor que mejor.

Rynelf regresó con el vino aromático humeante en una jarra, y cuatro copas de plata. Era justo lo que les hacía falta, y mientras lo tomaban a sorbos, Lucy y Edmund sintieron cómo el calor les llegaba hasta la punta misma de los dedos de los pies. Eustace, por su parte, hizo unas cuantas muecas, resopló y lo escupió, y volvió a vomitar y a llorar y preguntó si no tenían Alimento Vitaminado para los Nervios de Arbolote y si se lo podían preparar con agua destilada y, de todos modos, insistió en que lo desembarcaran en la siguiente parada.

—Vaya alegre camarada de a bordo nos has traído, hermano —murmuró Caspian al oído de Edmund con una risita; pero antes de que pudiera decir nada más, Eustace volvió a exclamar:

—¡Cielos! ¡Uf! ¿Qué diablos es eso? ¡Llevaos esa cosa horrenda!

En realidad tenía motivos para sentirse un tanto sorprendido. Algo realmente curioso había salido de la cabina de la toldilla de popa y se aproximaba lentamente a ellos. Podríamos llamarlo —y en realidad lo era— un ratón. Pero era un ratón que andaba sobre los cuartos traseros y medía unos sesenta centímetros. Una fina cinta de oro le rodeaba la cabeza por debajo de una oreja y por encima de la otra y en ella iba sujeta una larga pluma carmesí. (Puesto que el pelaje del ratón era muy oscuro, casi negro, el efecto resultaba llamativo y sorprendente.) La garra izquierda descansaba sobre la empuñadura de una espada que era casi tan larga como su cola, y su equilibrio, mientras avanzaba con solemnidad por la oscilante cubierta, era perfecto; los modales, distinguidos. Lucy y Edmund lo reconocieron al momento: era Reepicheep, la más valiente de todas las Bestias Parlantes de Narnia, y Gran Ratón del país, que había obtenido gloria imperecedera durante la segunda Batalla de Beruna. Lucy deseó, como siempre le había sucedido, poder tomar a Reepicheep entre sus brazos y abrazarlo. Pero aquello, como bien sabía, era un placer que jamás obtendría: habría ofendido terriblemente al roedor. Así pues, en lugar de ello se inclinó sobre una rodilla para hablarle.

El ratón adelantó la pata izquierda, echó hacia atrás la derecha, hizo una reverencia, le besó la mano, se irguió, se retorció los bigotes y dijo con su voz aflautada:

—Soy un humilde servidor de Su Majestad. Y también del rey Edmund. —Aquí volvió a inclinarse—. Nada excepto la presencia de Sus Majestades faltaba en esta gloriosa aventura.

—Uf, sacadlo de aquí —gimió Eustace—. Odio a los ratones. Y no soporto a los animales amaestrados. Son bobos, vulgares y... y sensibleros.

—¿Debo interpretar —preguntó Reepicheep a Lucy tras dedicar una prolongada mirada a Eustace— que esta persona singularmente descortés se halla bajo la protección de Su Majestad? Porque, de no ser así...

En aquel momento tanto Lucy como Edmund estornudaron.

—Qué idiota soy al teneros aquí de pie con las ropas mojadas —dijo Caspian—. Venid abajo y cambiaos. Te cederé mi camarote, desde luego, Lucy, pero me temo que no disponemos de prendas femeninas a bordo. Tendrás que arreglártelas con algunas de las mías. Ve tú delante, Reepicheep, como un buen chico.

—A la conveniencia de una dama —repuso el ratón—, incluso una cuestión de honor debe posponerse, al menos por el momento... —Y en aquel punto dirigió una severa mirada a Eustace.

Pero Caspian los empujó al frente, y al cabo de pocos minutos Lucy se encontró atravesando la puerta del camarote de popa. Se enamoró de él al instante; tenía tres ventanas cuadradas que daban a las azules y arremolinadas aguas que dejaban atrás, bancos bajos acolchados alrededor de tres lados de la mesa, una lámpara de plata que se balanceaba del techo (obra de enanos, como comprendió al instante por su exquisita delicadeza) y la imagen en oro del león Aslan en la pared de proa encima de la puerta. Asimiló todo aquello en un abrir y cerrar de ojos, pues Caspian abrió inmediatamente una puerta en el lado de estribor y anunció:

—Ésta será tú habitación, Lucy. Sólo voy a por un poco de ropa seca para mí... —revolvió en uno de los armarios mientras hablaba— y luego dejaré que te cambies. Si arrojas tus prendas mojadas al otro lado de la puerta haré que las lleven a la cocina para que se sequen.

Lucy se sintió en seguida tan a gusto allí como si llevara semanas en el camarote de Caspian, y el movimiento del barco no le molestaba en absoluto, pues en los viejos tiempos, cuando había sido reina en Narnia, había navegado mucho. El camarote era muy pequeño pero también muy alegre, con paneles pintados (todo eran aves, animales, dragones color carmesí y enredaderas) e impecablemente limpio. Las ropas de Caspian eran de-

masiado grandes para ella, pero pudo arreglár-
selas. Los zapatos del rey, sandalias y botas marineras, eran excesivamente grandes para que pudiera ponérselos, pero no le importó ir descalza a
bordo del barco. Una vez que terminó de vestirse
miró por la ventana el agua que discurría por los
costados del barco y aspiró con fuerza. Tuvo la seguridad de que iban a pasarlo estupendamente.

CAPÍTULO 2

A bordo del Viajero del Alba

—Ah, estás ahí, Lucy —saludó Caspian—. Te esperábamos. Éste es mi capitán, lord Drinian.

Un hombre de pelo oscuro dobló una rodilla en tierra y le besó la mano. Las únicas otras personas presentes eran Reepicheep y Edmund.

—¿Dónde está Eustace? —preguntó Lucy.

—En la cama —respondió su hermano—, y no creo que podamos hacer nada por él. Intentar ser amable sólo consigue que se comporte peor.

—Entretanto —dijo Caspian—, debemos hablar.

—Vaya, ya lo creo —replicó Edmund—. Y en primer lugar, sobre el tiempo. Hace un año de los nuestros que te dejamos justo antes de tu coronación. ¿Cuánto tiempo ha transcurrido en Narnia?

—Exactamente tres años —respondió Caspian.

—¿Todo va bien? —quiso saber Edmund.

—Como podrás imaginar, no habría abandonado mi reino y me habría hecho a la mar si todo no fuera bien —respondió el monarca—. Las cosas no podrían ir mejor. Ahora no existe problema alguno entre telmarinos, enanos, Bestias Parlantes, faunos y todos los demás. Además, dimos a los conflictivos gigantes de la frontera tal tunda el verano pasado que, ahora, nos rinden homenaje. Y disponía de una persona magnífica a la cual dejar como regente mientras estoy fuera: Trumpkin, el enano. ¿Lo recordáis?

—El querido Trumpkin —dijo Lucy—, claro que lo recuerdo. No podrías haber elegido mejor.

—Leal como un tejón, señora, y valiente como... como un ratón —indicó Drinian—, había estado a punto de decir «como un león» pero había observado que Reepicheep tenía los ojos fijos en él.

—Y ¿adónde nos dirigimos? —inquirió Edmund.

—Bueno —respondió Caspian—, eso es una historia más bien larga. Tal vez recordéis que cuando era niño mi tío, el usurpador Miraz, se deshizo de siete amigos de mi padre (que podrían haberse puesto de mi parte) enviándolos lejos a explorar los desconocidos Mares Orientales situados más allá de las Islas Solitarias.

—Sí —respondió Lucy—, y ninguno de ellos regresó jamás.

—Exacto. Bien, el día de mi coronación, con la aprobación de Aslan, juré que, si conseguía instaurar la paz en Narnia, zarparía hacia el este yo mismo durante un año y un día para buscar a los amigos de mi padre o al menos averiguar si habían muerto y vengarlos si podía. Éstos eran sus nombres: lord Revilian, lord Bern, lord Argoz, lord Mavramorn, lord Octesian, lord Restimar y..., hum, ese otro que resulta tan difícil de recordar.

—Lord Rhoop, señor —dijo Drinian.

—Rhoop, Rhoop, eso es —repuso Caspian—. Ésa es mi intención principal. Pero Reepicheep, aquí presente, alberga una esperanza aún más grande.

Los ojos de todos se volvieron hacia el ratón.

—Tan grande como mi valor —respondió él—, aunque tal vez tan pequeña como mi estatura. ¿Por qué no intentamos llegar hasta el extremo más oriental del mundo? Y ¿qué podríamos hallar allí? Yo espero encontrar el país del propio Aslan. Siempre es por el este, desde el otro lado del mar, por donde el gran león se acerca a nosotros.

—Pues es una gran idea —dijo Edmund con voz admirada.

—Pero ¿crees —intervino Lucy— que el país de Aslan será de esa clase de países... quiero decir, de ésos hasta los que uno puede navegar?

—No lo sé, señora —repuso Reepicheep—. Pero oíd bien: cuando estaba en la cuna, una criatura del bosque, una dríada, pronunció este poema sobre mi persona:

Donde el cielo y el agua se unen,
donde las olas dulces se vuelven,
Reepicheep,
si algo buscas, no lo dudes,
la respuesta hallarás en el este.

»No sé lo que significa; pero su sortilegio me ha acompañado toda la vida.

—Y ¿dónde estamos ahora, Caspian? —preguntó Lucy tras un corto silencio.

—El capitán te lo dirá mejor que yo —respondió él, de modo que Drinian sacó su carta náutica y la desplegó sobre la mesa.

—Ésta es nuestra posición —indicó, posando el dedo sobre ella—. O lo era hoy al mediodía. Soplaba un viento favorable al abandonar Cair Paravel y pusimos rumbo al norte de Galma, adonde llegamos al día siguiente. Permanecimos en el puerto durante una semana, pues el duque de Galma organizó un gran torneo para Su Majestad que, durante éste, descabalgó a muchos caballeros...

—Y también sufrí unas cuantas caídas desagradables, Drinian. Todavía tengo algunos de los moretones —intervino Caspian.

—... Y descabalgó a muchos caballeros —repitió Drinian con una amplia sonrisa—. Pensamos que el duque se habría sentido complacido si Su Majestad se hubiera casado con su hija, pero no hubo suerte...

—Bizquea y tiene pecas —indicó Caspian.

—Pobre chica —se compadeció Lucy.

—Y zarpamos de Galma —continuó Drinian—, y encontramos calma chicha durante casi dos días enteros y tuvimos que remar. Luego volvió a soplar el viento y no llegamos a Terebinthia hasta cuatro días después de abandonar Galma. Y allí su rey nos advirtió que no desembarcáramos porque había una enfermedad en la isla, pero doblamos el cabo y atracamos en una cala pequeña lejos de la ciudad para conseguir agua. Después tuvimos que seguir allí durante tres días hasta que sopló el viento del sudeste y partimos en dirección a Siete Islas. El tercer día de navegación una nave pirata (terebinthia a juzgar por su aparejo) nos alcanzó, pero cuando vio que íbamos bien armados se mantuvo apartada tras el disparo de unas cuantas flechas por ambas partes...

—Y deberíamos haberle dado caza y haberla

abordado. Tendríamos que haber colgado a todo bicho —intervino Reepicheep.

—... y al cabo de otros cinco días avistamos Muil, que, como sabéis, es la más occidental de las Siete Islas. Luego remamos a través de los estrechos y entramos al ponerse el sol en Puerto Rojo en la isla de Brenn, donde se nos agasajó con todo cariño y nos aprovisionamos de víveres y agua potable a voluntad. Abandonamos Puerto Rojo hace seis días y hemos llevado una velocidad magnífica, hasta tal punto que esperamos ver las Islas Solitarias pasado mañana. Resumiendo, llevamos cerca de treinta días de navegación y hemos recorrido más de cuatrocientas leguas desde que salimos de Narnia.

—Y ¿después de las Islas Solitarias? —quiso saber Lucy.

—Nadie lo sabe, Majestad —respondió Drinian—. A menos que los mismos habitantes de las islas nos lo sepan decir.

—En nuestra época no supieron —indicó Edmund.

—En ese caso —dijo Reepicheep—, será después de las Islas Solitarias cuando se iniciará nuestra verdadera aventura.

Caspian sugirió entonces que visitaran el barco antes de cenar, pero a Lucy le remordió la conciencia y respondió:

—Creo que debería ir a ver a Eustace. Sentir mareo es algo horrible, ya lo sabéis. Si tuviera mi viejo cordial conmigo podría curarlo.

—Pero sí que lo tienes —dijo Caspian—. Casi me había olvidado de él. Como lo dejaste al marchar pensé que podía considerarse uno de los tesoros reales y por lo tanto lo traje conmigo; si crees que debería malgastarse en algo tan tonto como un mareo...

—Sólo hará falta una gota.

Caspian abrió una de las gavetas situadas bajo el banco y sacó el hermoso frasquito de diamante que Lucy recordaba tan bien.

—Recupera lo que es tuyo, Majestad —declaró, y todos abandonaron el camarote y salieron a la luz del sol.

En la cubierta había dos escotillas grandes y alargadas, a proa y a popa del mástil, y las dos abiertas, como lo estaban siempre cuando hacía buen tiempo, para permitir que la luz y el aire penetraran en la panza de la nave. Caspian encabezó el descenso por la escalera de la escotilla de popa. Allí se encontraron en un lugar en el que había bancos de remo dispuestos a un lado y al otro y la luz se colaba por los agujeros de los remos y danzaba sobre el suelo. Desde luego, el barco de Caspian no era una de aquellas naves horribles, una galera con esclavos como remeros, sino que los remos se usaban únicamente cuando no había viento o para entrar y salir de un puerto y todo el mundo —excepto Reepicheep, que tenía las patas demasiado cortas— había ocupado alguno de aquellos puestos en más de una ocasión. A cada lado del barco se había dejado un espacio despejado bajo los bancos para los pies de los remeros, pero a lo largo de la parte central había una especie de foso que descendía hasta la misma quilla y que estaba repleto de toda clase de cosas: sacos de harina, toneles de agua y cerveza, barriles de carne de cerdo, jarras de miel, odres de vino, manzanas, nueces, quesos, galletas, nabos, lonjas de tocino... Del techo —es decir, de la parte inferior de la cubierta— colgaban jamones y ristras de cebollas, y también los marineros de la guardia que no estaban de servicio, acostados en sus hamacas. Caspian los condujo hasta la popa, dando zancadas de banco en banco; al menos, para él era zancada, para Lucy eran algo entre un paso y un salto y para Reepicheep suponían casi un salto mortal. De aquel modo llegaron a una partición que tenía una puerta. Caspian abrió la puerta y los llevó hasta un camarote que ocupaba la popa por debajo de los camarotes de cubierta de la toldilla. Sin duda no era un lugar tan bonito. Era

muy bajo y los costados se inclinaban el uno hacia
el otro al descender, de modo que apenas había
suelo; y aunque tenía ventanas de cristal grueso,
no estaban pensadas para abrirse, ya que se encontraban bajo el agua. De hecho, en aquel mismo
instante, con el cabeceo de la nave, aparecían al-
ternativamente doradas debido a la luz del sol y
de un verde opaco debido al mar.

—Tú y yo debemos alojarnos aquí, Edmund —indicó Caspian—. Dejaremos a tu pariente la litera
y colgaremos hamacas para nosotros.

—Suplico a Su Majestad... —comenzó a decir
Drinian.

—No, no, compañero —replicó Caspian—, ya hemos discutido sobre esto. Rhince y tú —Rhince era el piloto— gobernáis la nave y tendréis preocupaciones y tareas muchas noches, mientras nosotros pasamos el rato canturreando o contando historias, de modo que vosotros debéis ocupar el camarote de babor de arriba. El rey Edmund y yo estaremos muy cómodos aquí abajo. Pero ¿cómo está el forastero?

Eustace, con el rostro verdoso, frunció el entrecejo y preguntó si había alguna señal de que amainara la tormenta.

—¿La tormenta? —inquirió Caspian, mientras Drinian prorrumpía en carcajadas.

—¿Tormenta, joven señor? —rugió—. Pero ¡si tenemos el mejor tiempo que uno podría pedir!

—¿Quién es ése? —dijo Eustace con voz irritada—. ¡Que lo echen! Su voz me taladra la cabeza.

—Te he traído algo que te hará sentir mejor, Eustace —dijo Lucy.

—Anda, vete y déjame solo —refunfuñó él.

Pero tomó una gota del frasco y, aunque dijo que era una cosa abominable —el olor en la cabina cuando la niña abrió el frasco fue delicioso—, lo cierto fue que su rostro adquirió el color esperado a los pocos instantes de haberla bebido, y sin duda debió de sentirse mejor porque, en lugar de gemir sobre la tormenta y su cabeza, empezó a exigir que lo desembarcaran y anunció que en el primer puerto «interpondría una disposición» contra todos ellos ante el cónsul británico. Pero cuando Reepicheep preguntó qué era una disposición y cómo se interponía, pues pensaba que era un modo nuevo de organizar un combate singular, Eustace sólo pudo responder: «¡Mira que no saber eso!». Al final consiguieron convencer al niño de que ya navegaban tan rápido como podían en dirección a la tierra más próxima que conocían, y que tenían el mismo poder para enviarlo de vuelta a Cambridge —que era donde vivía el tío Harold— que para enviarlo a la luna. Tras aquello, aceptó de mala gana ponerse las prendas limpias que habían dispuesto para él y salir a la cubierta.

Caspian les mostró entonces el barco, aunque ya habían visto gran parte de él. Subieron al castillo de proa y vieron al vigía de pie en una pequeña plataforma en el interior del cuello del dragón dorado, atisbando por las fauces abiertas. Dentro del castillo de proa se hallaba la cocina de la nave y las dependencias de miembros de la tripulación tales como el contramaestre, el carpintero, el cocinero y el maestro arquero. Si consideras curioso que la cocina esté en la proa e imaginas el humo de su chimenea flotando hacia atrás por encima del barco, es debido a que piensas en los buques de vapor, donde el viento siempre sopla de proa. En un barco de vela el viento sopla por detrás, y cualquier cosa que huela se coloca tan al frente como sea posible. Los hicieron subir a la cofa militar, y al principio resultó un tanto alarmante balancearse de un lado a otro allí arriba y ver la cubierta tan pequeña y lejana a sus pies. Uno se daba cuenta de que, si caía, no existía ninguna razón concreta por la que tuviera que caer sobre la cubierta y no en el mar. A continuación los llevaron a la toldilla de popa, donde Rhince estaba de guardia con otro hombre junto a la enorme caña del timón, y detrás de ésta se alzaba la cola del dragón, cubierta de pintura dorada. Formando un semicírculo, en su parte interior había un banco pequeño. El barco se llamaba *Viajero del Alba*. No era más que una cosa insignificante comparada con uno de nuestros buques, o incluso con las naos, galeazas, carracas y galeones que Narnia poseía cuando Lucy y Edmund reinaban allí bajo el gobierno de Peter como Sumo Monarca, ya que toda navegación había desaparecido durante los reinados de los antepasados de Caspian. Cuando su tío, Miraz el Usurpador, había enviado a alta mar a los siete lores, éstos habían tenido que adquirir una nave galmiana y contratar marineros galmianos para tripularla. Sin embargo, en la actualidad Caspian había empezado a enseñar a los narnianos a ser de nuevo un pueblo marinero, y el *Viajero del Alba* era la mejor nave que se había construido hasta el momento. Era tan pequeña que, por delante del mástil, apenas existía espacio de cubierta entre la escotilla central y el bote del barco en un lado y el gallinero en el otro (por cierto, Lucy dio de comer a las gallinas). Pero era una preciosidad entre las de su clase, una «dama», como dicen los marineros, de líneas perfectas, colores puros y con cada palo, soga y clavija hechos con sumo cariño. Eustace, claro está, se negó a sentirse satisfecho, y no dejó de alardear sobre transatlánticos, lanchas motoras y aeroplanos («Como si supiera algo sobre ellos», masculló Edmund), pero los otros dos niños se sintieron encantados con la nave, y cuando regresaron a popa para cenar, y vieron todo el cielo occidental iluminado por una inmensa puesta de sol carmesí, percibieron el estremecimiento del navío, paladearon el sabor de la sal en los labios y pensaron en las tierras desconocidas del extremo oriental del mundo. Lucy sintió que era demasiado feliz para poder expresarlo.

Es mejor que Eustace cuente con sus propias pa-

labras lo que pensaba, pues cuando les devolvieron a todos las prendas secas a la mañana siguiente, sacó inmediatamente un cuadernillo negro y un lápiz y empezó a escribir un diario. Siempre llevaba aquel cuaderno con él y apuntaba allí sus notas escolares, pues aunque no sentía el menor interés por las materias que estudiaba, sí le preocupaban mucho las notas e incluso se acercaba a los demás y les decía: «He sacado tanto. ¿Cuánto has sacado tú?». Pero, puesto que no parecía muy probable que obtuviera puntuaciones en el *Viajero del Alba*, empezó a redactar un diario. Ésta fue su primera reflexión:

7 de agosto

Llevo ya veinticuatro horas en este espantoso barco, si es que no se trata de un sueño. Una tormenta terrible no ha dejado de rugir ni un momento (es una suerte que no me haya mareado). Unas olas enormes no paran de caer sobre la parte delantera y he visto como esta barca estaba a punto de hundirse gran cantidad de veces. Todos los demás fingen no darse cuenta, bien porque son unos fanfarrones o porque, como dice Harold, una de las cosas más cobardes que hace la gente corriente es cerrar los ojos a los «hechos». Es una locura hacerse a la mar en una porquería como ésta. Ni siquiera es mucho más grande que un bote salvavidas. Y, desde luego, por dentro es absolutamente rudimentario. No existe un salón propiamente dicho, no hay radio, ni cuartos de baño, ni tumbonas. Me arrastraron a visitar toda la nave ayer por la tarde y cualquiera se habría puesto enfermo sólo de escuchar cómo Caspian exhibía su dichoso barquito igual que si se tratara del *Queen Mary*. Intenté explicarle cómo son los barcos auténticos, pero el chico no tiene muchas luces. E. y L., claro está, no me apoyaron. Supongo que una criatura como L. no se da cuenta del peligro y E. se dedica a hacerle la pelota a C. como hace todo el mundo aquí. Lo llaman «rey». Dije que yo era republicano, ¡y me preguntó qué significaba eso! Parece que no sabe nada de nada. Sobra decir que me han puesto en el peor camarote del barco, que es igual que una mazmorra, y a Lucy le han dado toda una habitación para ella sola, una estancia casi bonita comparada con el resto de este lugar. C. dice que es porque es una chica y yo intenté hacerle ver lo que Alberta dice sobre que esa clase de cosas no hace más que humillar a las chicas, pero el pobre es duro de entendederas. De todos modos, podría darse cuenta de que enfermaré si me mantiene en este «agujero» mucho más tiempo. E. dice que no debemos quejarnos porque C. lo comparte también con nosotros. Como si eso no hiciera que resultara más atestado y aún peor. Casi olvidaba mencionar que también hay una especie de ratón que se muestra de lo más impertinente con todo el mundo. Los demás tal vez estén dispuestos a aguantarlo, pero yo pienso retorcerle la cola muy pronto si intenta insolentarse conmigo. La comida también es espantosa.

El enfrentamiento entre Eustace y Reepicheep llegó incluso antes de lo que uno habría esperado. Antes de la cena del día siguiente, mientras los demás permanecían sentados alrededor de la mesa aguardando —estar en alta mar proporciona un apetito excelente—, Eustace entró como un rayo, retorciéndose las manos mientras gritaba:

—Esa bestia casi me ha matado. Insisto en que se la mantenga bajo control. Podría entablar un juicio contra ti, Caspian. Podría ordenar que la sacrificases.

En aquel mismo instante hizo su aparición Reepicheep. Tenía la espada desenvainada y sus bigotes mostraban un aspecto muy fiero, aunque se comportó con la misma educación de siempre.

—Os pido mil disculpas a todos —dijo— y especialmente a Su Majestad Lucy. De haber sabido que vendría a refugiarse aquí habría aguardado a un momento más prudente para su correctivo.

—¿Qué diablos sucede? —inquirió Edmund.

Lo que había sucedido en realidad era esto. A Reepicheep, que jamás consideraba que la nave iba lo bastante rápido, le encantaba sentarse en la parte de la proa de la borda, justo al lado de la cabeza del dragón, para contemplar el horizonte oriental y canturrear con su vocecita gorjeante la canción que la dríada había compuesto para él. Jamás se sujetaba a nada, por mucho que la nave se balanceara, y mantenía el equilibrio con total naturalidad; tal vez la larga cola, que colgaba hasta la cubierta por la parte interior, se lo facilitaba. Todos a bordo estaban familiarizados con aquella costumbre, y a los marineros les gustaba porque al que estaba de guardia como vigía le permitía tener a alguien con quien conversar. ¿Cuál fue, exactamente, el motivo que llevó a Eustace a dirigirse entre resbalones, balanceos y trompicones, hasta el castillo de proa (todavía no se había acostumbrado al balanceo del barco)? Jamás lo supe. Puede que esperara poder divisar tierra, o a lo mejor quería rondar por la cocina y hurtar algo. En todo caso, en cuanto vio aquella cola larga que colgaba —y tal vez sí que resultaba muy tentadora— se dijo que sería fantástico agarrarla, darle una vuelta o dos a Reepicheep en el aire cabeza abajo, y luego salir corriendo para ir a reírse lejos de allí. En un principio el plan pareció funcionar a las mil maravillas. El ratón no pesaba mucho más que un gato grande, y Eustace lo sacó de la barandilla en un abrir y cerrar de ojos, mientras se decía que el roedor resultaba muy ridículo con las cortas extremidades estiradas y separadas y la boca abierta. Pero por desgracia Reepicheep, que había peleado por su vida en innumerables ocasiones, no perdió la serenidad ni por un instante. Tampoco sus habilidades. No es muy fácil desenvainar la espada cuando a uno lo están haciendo girar en el aire llevado por la cola, pero lo hizo. Y con lo siguiente que se encontró Eustace fue con dos dolorosos pinchazos en la mano que lo obligaron a soltar la cola; y lo siguiente después de eso fue que el ratón se levantó de nuevo como si fuera una pelota que rebotara en la cubierta, y se plantó ante él, con una horrorosa cosa larga, brillante y afilada, parecida a una brocheta, que se balanceaba de un lado a otro a poquísimos centímetros de su estómago. (Esto no se considera  un golpe bajo en el caso de los ratones en Narnia porque no puede esperarse de ellos que lleguen por encima de ese punto.)

—Para —farfulló Eustace—, vete. Aparta esa cosa. Es peligrosa. Para de una vez, te digo. Se lo diré a Caspian. Haré que te pongan un bozal y que te aten.

—¿Por qué no desenvainas tu espada, cobarde? —gorjeó el ratón—. Desenvaina y pelea o te azotaré con la hoja plana hasta llenarte de moretones.

—No tengo arma —protestó Eustace—. Soy un pacifista. No creo en las peleas.

 —¿Debo entender —dijo Reepicheep, retirando la espada durante unos instantes al tiempo que hablaba con toda severidad—, que no piensas darme una satisfacción?

—No sé a qué te refieres —replicó él, acariciándose la mano—. Si no sabes aceptar una broma no pienso molestarme contigo.

—En ese caso toma esto —indicó el ratón—, y esto... para que aprendas modales... y el respeto debido a un caballero... a un ratón... y a la cola de un ratón...

Y con cada palabra asestaba a Eustace un golpe con el costado de su espadín, que era de un acero de forja enana, fino y excelente, y tan flexible y eficaz como una vara de abedul. El niño, desde luego, iba a una escuela en la que no existía el castigo corporal, de modo que la sensación le resultó bastante nueva. Por eso, a pesar de no estar acostumbrado aún a moverse por el barco, tardó menos de un minuto en abandonar el castillo de proa, recorrer toda la longitud de la cubierta y atravesar apresuradamente la puerta del camarote; perseguido de cerca por el acalorado Reepicheep. A Eustace le parecía que incluso la espada misma estaba al rojo, a juzgar por la sensación que le producía al pincharlo.

No resultó demasiado difícil solucionar la cuestión una vez que Eustace comprendió que todos se tomaban muy en serio la idea de un duelo y escuchó cómo Caspian se ofrecía a prestarle una espada, y como Drinian y Edmund discutían la posibilidad de poner alguna traba a sus movimientos para compensar el hecho de que su tamaño fuera mucho mayor que el de Reepicheep. El niño se disculpó de mala gana y se marchó con Lucy para que ésta le lavara y vendara la mano. Luego fue a acostarse en su litera, teniendo buen cuidado de hacerlo de lado.

CAPÍTULO 3

Las Islas Solitarias

—¡Tierra a la vista! —gritó el vigía situado en la proa.

Lucy, que había estado conversando con Rhince en el castillo de popa, descendió apresuradamente la escalera y corrió al frente. En el camino se le

unió Edmund, y encontraron a Caspian, Drinian y Reepicheep ya en el castillo de proa. Era una mañana fresquita, el cielo lucía descolorido y el mar era de un azul muy oscuro con pequeñas crestas de espuma, y allí, un poco hacia el lado de estribor de la proa, estaba la más cercana de las Islas Solitarias, Felimath, como una colina verde en medio del mar, y detrás de ella, más lejos, las laderas grises de su hermana Doorn.

—¡La misma vieja Felimath! ¡La misma vieja Doorn! —exclamó Lucy, dando palmadas—. Vaya, Edmund, ¡cuánto tiempo ha pasado desde la última vez que las vimos!

—Jamás he comprendido por qué pertenecen a Narnia —dijo Caspian—. ¿Las conquistó el Sumo Monarca Peter?

—Claro que no —respondió Edmund—. Pertenecían a Narnia antes de nuestra época... en los tiempos de la Bruja Blanca.

(A propósito, jamás he oído cómo fue que estas remotas islas quedaron anexionadas a la corona de Narnia; si alguna vez me entero, y si la historia resulta interesante, tal vez la cuente en otro libro.)

—¿Haremos escala, señor? —inquirió Drinian.

—No creo que fuera una gran idea desembarcar en Felimath —dijo Edmund—. Estaba casi deshabitada en nuestros tiempos y parece que sigue estándolo. La gente vivía principalmente en Doorn y unos cuantos en Avra, que es la tercera isla; aún no se puede ver desde aquí. Solamente utilizan Felimath para criar ovejas.

—En ese caso habrá que doblar ese cabo, supongo —dijo Drinian—, y desembarcar en Doorn. Eso significará que tendremos que remar.

—Lamento que no desembarquemos en Felimath —dijo Lucy—. Me gustaría volver a pasear por allí. Era un lugar muy solitario; con una clase agradable de soledad, con todos esos pastos y tréboles y la suave brisa marina.

—También a mí me encantaría estirar las piernas —repuso Caspian—. Os propongo una cosa: ¿qué tal si vamos a tierra en el bote y lo enviamos de vuelta, y luego atravesamos Felimath a pie y hacemos que el *Viajero del Alba* nos recoja al otro lado?

Si Caspian hubiera tenido tanta experiencia entonces como la que adquirió más tarde durante aquel viaje no habría hecho aquella sugerencia; pero en aquel momento pareció una idea excelente.

—Sí, hagámoslo —dijo Lucy.

—Vendrás, ¿verdad? —preguntó Caspian a Eustace, que había subido a cubierta con la mano vendada.

—Cualquier cosa con tal de abandonar esta condenada embarcación —respondió él.

—¿Condenada? —dijo Drinian—. ¿A qué te refieres?

—En un país civilizado como el mío —respondió Eustace—, los barcos son tan grandes que cuando estás en su interior ni siquiera te das cuenta de que estás en alta mar.

—En ese caso daría lo mismo que uno se quedara en tierra —replicó Caspian—. ¿Puedes pedir que bajen el bote, Drinian?

El rey, el ratón, los dos hermanos y Eustace se metieron en el bote y fueron conducidos hasta la playa de Felimath. Una vez que el bote los dejó y remó de regreso a la nave se dieron la vuelta y miraron a su alrededor. Les sorprendió comprobar lo pequeño que parecía el *Viajero del Alba*.

Lucy iba descalza, claro, pues se había desprendido de los zapatos mientras nadaba, pero aquello no era ningún suplicio si había que andar sobre pastos blandos. Resultaba delicioso volver a tener una superficie firme bajo los pies y oler la tierra y la hierba, incluso aunque al principio el suelo pareciera moverse arriba y abajo como un barco, como acostumbra a suceder durante unos minutos cuando se ha estado un tiempo embarcado. Hacía bastante más calor allí del que había hecho a bordo y Lucy encontró el contacto con la arena muy agradable mientras atravesaban la isla. Oyeron el canto de una alondra.

Se marcharon tierra adentro y ascendieron por una colina bastante empinada, aunque baja. Una vez en lo alto miraron atrás, como es natural, y allí estaba el *Viajero del Alba* brillando como un enorme y reluciente insecto y deslizándose lentamente hacia el noroeste impulsado por sus remos. Luego descendieron por el otro lado de la cima y dejaron de ver la nave.

Doorn apareció entonces frente a ellos, separada de Felimath por un canal de casi dos kilómetros de ancho; detrás de ella y a la izquierda estaba Avra. La pequeña ciudad blanca de Puerto Angosto en Doorn se distinguía fácilmente.

—¡Vaya! ¿Qué es esto? —exclamó Edmund de improviso.

En el valle verde hacia el que descendían había seis o siete hombres de aspecto rudo, todos armados, sentados junto a un árbol.

—No les digáis quiénes somos —advirtió Caspian.

—Y ¿por qué no, Majestad, si puede saberse? —inquirió Reepicheep, que había consentido en ir subido al hombro de Lucy.

—Se me acaba de ocurrir —respondió Caspian—, que la gente del lugar no debe de haber tenido noticias de Narnia durante mucho tiempo. Es perfectamente posible que no reconozcan ya nuestra soberanía, en cuyo caso no tendrían por qué saber que soy el rey.

—Tenemos nuestras espadas, señor —dijo el ratón.

—Sí, Reep, ya sé que las tenemos. Pero si se trata de una cuestión de reconquistar las tres islas, preferiría regresar con un ejército un poco más numeroso.

En aquellos momentos se hallaban bastante cerca de los desconocidos, uno de los cuales —un tipo fornido de melena negra— les gritó:

—Buenos días tengáis.

—Y muy buenos días también a vos —respondió Caspian—. ¿Existe todavía un gobernador de las Islas Solitarias?

—Ya lo creo que sí —respondió el hombre—. El gobernador Gumpas. Su Suficiencia está en Puerto Angosto; pero vosotros os quedaréis y beberéis con nosotros.

Caspian le dio las gracias, aunque ni a él ni a sus acompañantes les gustó demasiado el aspecto de su nuevo compañero. Pero apenas se habían llevado las copas a los labios cuando el hombre de cabellos negros hizo una seña a sus camaradas y, con la rapidez del rayo, los cinco visitantes se vieron sujetos por fuertes brazos. Hubo un corto forcejeo pero nuestros amigos estaban en desventaja y no tardaron en verse todos desarmados y con las manos atadas a la espalda; excepto Reepicheep, que se retorcía en las manos de su captor al tiempo que lo mordía con rabia.

—Ten cuidado con ese animal, Tachuelas —advirtió el jefe del grupo—. No le hagas daño. Nos darán un mejor precio por todo el lote, estoy seguro.

—¡Cobarde! ¡Pusilánime! —chirrió el ratón—. Dame mi espada y suéltame las patas si te atreves.

—¡Vaya! —silbó el traficante de esclavos; pues ése era realmente su oficio—. ¡Sabe hablar! Jamás lo habría imaginado. ¡Qué me aspen si acepto menos de doscientas mediaslunas por él!

La medialuna calormena, que es la moneda principal en aquellos lugares, equivale aproximadamente a un tercio de la libra esterlina.

—De modo que eso es lo que eres —dijo Caspian—. Un secuestrador y un vendedor de esclavos. Supongo que estarás orgulloso de ello.

—Vamos, vamos, vamos —respondió el otro—. No empieces a enfurecerte. Cuanto mejor te lo tomes, más fácil resultará para todos, ¿de acuerdo? No hago esto por diversión. Tengo que ganarme la vida, como todo el mundo.

—¿Adónde nos llevarás? —preguntó Lucy, articulando las palabras con cierta dificultad.

—A Puerto Angosto —respondió él—. Al mercado que se celebra mañana.

—¿Hay cónsul británico? —inquirió Eustace.

—Si hay ¿qué?

Pero mucho antes de que Eustace se molestara en intentar explicarlo, el traficante de esclavos se limitó a decir:

—Bien, ya me he cansado de toda esta jerigonza. El ratón resulta agradable pero éste habla por los codos. Nos vamos, camaradas.

Ataron entonces a los cuatro prisioneros humanos, no con crueldad pero sí de modo que no pudieran huir, y los hicieron marchar en dirección a la playa. A Reepicheep lo llevaron a cuestas. El ratón había dejado de morder después de que lo amenazaron con atarle el hocico, pero sí tenía mucho que decir aún, y Lucy se preguntó cómo podía soportar alguien que le dijeran todas las cosas que el roedor le decía al traficante de esclavos. Sin embargo, el hombre, lejos de protestar, se limitaba a decir «Sigue» cada vez que Reepicheep paraba para tomar aire, añadiendo de vez en cuando: «Es tan entretenido como una obra de teatro» o «¡Caramba, si hasta parece que sabe lo que dice!» o «¿Lo domesticó alguno de vosotros?». Aquello llegó a enfurecer de tal modo al ratón que, al final, a éste se le ocurrieron tantas cosas que decir que se atragantó y tuvo que callar.

Al llegar a la playa que daba a Doorn encontraron un pueblecito y una chalupa en la arena y, algo más allá, un barco sucio de aspecto destartalado.

—Ahora, jovencitos —indicó el traficante de esclavos—, no provoquéis problemas y no tendréis que lamentarlo. Todos a bordo.

En ese momento un hombre barbudo de aspecto elegante salió de una de las casas —una posada, creo— y dijo:

—Vaya, Pug. ¿Más de tu mercancía de costumbre?

El traficante, cuyo nombre parecía ser Pug, hizo una profunda reverencia, y dijo en un tono de voz zalamero:

—Sí, con el permiso de Su Señoría.

—¿Cuánto quieres por ese muchacho? —preguntó el otro, señalando a Caspian.

—Vaya —respondió Pug—, ya sabía que Su Señoría elegiría lo mejor. No hay forma de engañar a Su Señoría con nada de segunda categoría. En cuanto a ese chico, la verdad es que le he tomado cariño. Lo cierto es que me gusta. Soy tan compasivo que no debería haberme dedicado a este trabajo. De todos modos, para un cliente como Su Señoría...

—Dime tu precio, carroña —replicó el lord con severidad—. ¿Crees que deseo escuchar todas esas monsergas sobre tu asqueroso oficio?

—Trescientas mediaslunas, milord, por tratarse de Su Honorable Señoría, pero para cualquier otro...

—Te daré ciento cincuenta.

—No, por favor, por favor —intervino Lucy—, no nos separe, haga lo que haga. Usted no sabe que... —Pero entonces se detuvo pues vio que Caspian no deseaba ni siquiera entonces que supieran quién era.

—Ciento cincuenta, entonces —dijo el lord—.

En cuanto a ti, muchachita, lamento no poder compraros a todos. Desata al chico, Pug. Y ten cuidado; trata a los otros bien mientras estén en tu poder o sabrás lo que es bueno.

—¡Vaya! —exclamó Pug—. ¿Quién ha oído hablar de algún caballero que se dedicara a mi negocio y que tratara a su mercancía mejor que yo? ¡A ver! ¡Los trato como si fuesen mis propios hijos!

—Es muy probable que eso sea totalmente cierto —replicó el otro, sombrío.

Había llegado el terrible momento. Desataron a Caspian y su nuevo amo dijo:

—Por aquí, muchacho.

Lucy prorrumpió en lágrimas y Edmund se mostró desconcertado. Sin embargo, Caspian volvió la cabeza por encima del hombro y les dijo:

—Animaos. Estoy seguro de que todo saldrá bien al final. Hasta pronto.

—Y tú, señorita —indicó Pug—, no empieces a ponerte frenética y a estropear tu aspecto para el mercado de mañana. Sé una buena chica y no tendrás nada por lo que llorar, ¿de acuerdo?

A continuación, los trasladaron en el bote de remos hasta el barco negrero y los bajaron hasta un lugar alargado y bastante oscuro, no demasiado limpio, donde encontraron a otros muchos prisioneros desdichados; pues Pug era, desde luego, un pirata y acababa de llegar de recorrer las islas y capturar a todo el que había podido. Los niños no encontraron a nadie que conocieran; los prisioneros eran en su mayoría galmianos y terebinthios. Así pues, se sentaron en la paja del suelo mientras se preguntaban qué le sucedería a Caspian, e intentaban impedir que Eustace hablara como si todo el mundo excepto él fuera culpable de aquello.

Entretanto Caspian lo estaba pasando bastante mejor. El hombre que lo había comprado lo condujo por una callejuela que discurría entre dos de las casas del pueblo y desde allí a un espacio abierto situado detrás de la población. Entonces se volvió y lo miró.

—No tienes por qué sentir miedo de mí, muchacho —dijo—. Te trataré bien. Te compré debido a tu rostro, pues me recuerdas a alguien.

—¿Puedo preguntar a quién, milord?

—Me recuerdas a mi señor, el rey Caspian de Narnia.

Entonces Caspian decidió arriesgarlo todo a una carta.

—Milord —repuso—, soy vuestro señor. Soy Caspian, rey de Narnia.

—Hablas muy alegremente —respondió el otro—. ¿Cómo puedo saber que eso es cierto?

—En primer lugar por mi rostro —replicó Caspian—. En segundo lugar porque puedo adivinar, si me das seis posibilidades, quién sois. Sois uno de los siete nobles de Narnia a los que mi tío Miraz envió a navegar y a los que he venido a buscar: Argoz, Bern, Octesian, Restimar, Mavramorn, o... o... he olvidado los otros nombres. Y finalmente, si Su Señoría quiere darme una espada demostraré sobre el cuerpo de cualquier hombre en combate limpio que soy Caspian, hijo de Caspian, legítimo rey de Narnia, señor de Cair Paravel, y emperador de las Islas Solitarias.

—¡Cielos! —exclamó el hombre—. Tenéis la misma voz que vuestro padre y su forma de hablar. Mi señor... Majestad... —Y allí en medio del campo se arrodilló y besó la mano del rey.

—El dinero que Su Señoría ha desembolsado por mi persona le será devuelto de nuestro propio tesoro —anunció Caspian.

—No se encuentra aún en la bolsa de Pug, mi señor —declaró lord Bern, pues de él se trataba—. Y jamás lo estará, confío. He recomendado a Su Suficiencia el gobernador un centenar de veces que aplaste este repugnante tráfico de carne humana.

—Milord Bern —dijo el rey—, debemos hablar del estado de estas islas. Pero primero, ¿cuál es la historia de Su Señoría?

—Es bastante corta, mi señor —respondió Bern—. Llegué hasta aquí con mis seis compañeros, me enamoré de una muchacha de las islas, y decidí que ya estaba cansado de navegar. Además, puesto que no servía de nada regresar a Narnia mientras el tío de Su Majestad tuviera el control, me casé y he vivido aquí desde entonces.

—Y ¿qué tal es ese gobernador, ese tal Gumpas? ¿Reconoce aún al rey de Narnia como su señor?

—De palabra, sí. Todo se hace en nombre del rey. Pero no se sentirá muy complacido al ver a un auténtico rey de Narnia vivo apareciendo ante él. Y si Su Majestad se presentara ante él solo y desarmado..., bien, sin duda no negaría su lealtad, pero fingiría no creeros. La vida de Su Excelencia estaría en peligro. ¿Qué séquito tiene Su Majestad en estas aguas?

—Mi barco está doblando el cabo —indicó Caspian—. Somos unos treinta espadachines si hubiera que luchar. ¿Y si hacemos entrar mi nave y caemos sobre Pug y liberamos a mis amigos, a los que retiene cautivos?

—No os lo aconsejaría —repuso Bern—. En cuanto se iniciara un combate, dos o tres naves zarparían de Puerto Angosto para rescatar a Pug. Su Majestad debe actuar mediante una exhibición de más fuerza de la que realmente tiene, y usando también el terror que inspira el nombre del rey. No hay que llegar a un enfrentamiento físico. Gumpas es un cobarde y se lo puede intimidar.

Tras unos minutos más de conversación, Caspian y Bern bajaron hasta la costa un poco al oeste del pueblo, y allí el rey hizo sonar su cuerno, que no era el gran cuerno mágico de Narnia, el cuerno de la reina Susan: el suyo lo había dejado en el castillo para que lo utilizara su regente Trumpkin si una gran necesidad se abatía sobre el territorio en ausencia del rey. Drinian, que estaba en el puesto del vigía aguardando una señal, reconoció el cuerno real al instante y el *Viajero del Alba* puso rumbo a la orilla. En seguida echaron un bote al agua y en unos instantes Caspian y lord Bren estuvieron en la cubierta explicando la situación a Drinian. Éste, igual que Caspian, deseaba colocar la nave junto al barco negrero y abordarlo al instante, pero Bern hizo la misma objeción.

—Descended por ese canal, capitán —indicó

Bern—, y luego girad en dirección a Avra, donde se encuentran mis propiedades. Pero primero izad el estandarte del rey, colgad todos los escudos, y enviad tantos hombres a la cofa como os sea posible. Y a unos cinco tiros de arco de aquí, cuando tengáis mar abierto en el lado de babor, haced unas cuantas señales.

—¿Señales? ¿A quién? —inquirió Drinian.

—Pues a quién va a ser, a todos los demás barcos que no tenemos pero que Gumpas podría muy bien creer que existen.

—Ya veo —repuso el capitán, frotándose las manos—. Y ellos leerán nuestras señales. ¿Qué diremos? ¿Qué toda la flota vaya al sur de Avra y se reúna en...?

—La Hacienda Bern —dijo lord Bern—. Eso servirá de maravilla, pues el movimiento de las naves, de existir éstas, no podría verse desde Puerto Angosto.

Caspian se sentía apenado por sus amigos, que languidecían en las bodegas del barco negrero de Pug, pero no pudo evitar disfrutar enormemente del resto de aquel día. Entrada la tarde —pues tenían que avanzar a remo—, tras haber girado a estribor alrededor del extremo noreste de Doorn y luego a babor otra vez doblando el cabo de Avra, penetraron en un buen puerto situado en la costa sur de la isla, donde las magníficas tierras de Bern descendían hasta el borde del mar. Los súbditos de Bern, a gran cantidad de los cuales vieron trabajando en los campos, eran todos hombres libres y se trataba de un feudo feliz y próspero. Una vez que desembarcaron, fueron festejados magníficamente en una casa baja con arcadas que daba a la bahía. Bern, su gentil esposa y sus alegres hijas les dieron de comer opíparamente. En cuanto oscureció, Bern envió un mensajero en un bote a Doorn para ordenar ciertos preparativos —no quiso decir exactamente cuáles— para el día siguiente.

Lo que Caspian hizo allí

A la mañana siguiente, lord Bern despertó a sus invitados temprano y, tras desayunar, pidió a Caspian que ordenara a todos los hombres de los que disponía que se pusieran las armaduras.

—Y lo más importante —añadió—, que todo esté tan cuidado y limpio como si fuera la mañana del primer combate de una gran guerra entre reyes nobles, con todo el mundo como espectador.

Así se hizo; y luego, en tres barcas bien cargadas, Caspian y sus hombres, y Bern con unos cuantos de los suyos, partieron hacia Puerto Angosto. La bandera del rey ondeaba en la popa de su embarcación y la acompañaba su trompetero.

Cuando llegaron al malecón de la ciudad, Caspian encontró una gran multitud reunida allí para recibirlos.

—Esto es lo que envié a decir anoche —explicó Bern—. Son todos amigos míos y gente honrada.

Y, en cuanto Caspian puso pie en tierra, la muchedumbre estalló en vítores y aclamaciones de: «¡Narnia! ¡Narnia! ¡Larga vida al rey!». Al mismo tiempo —y ello también se debía a los mensajeros de Bern— empezaron a sonar campanas en mu-

chas partes de la ciudad. Entonces Caspian hizo que colocaran al frente su estandarte y que hicieran sonar la trompeta, y todo el mundo desenvainó la espada y adoptó una divertida expresión severa, y, de aquella forma, marcharon calle adelante haciendo que el suelo se estremeciera, con las armaduras brillando de tal modo (pues era una mañana soleada) que apenas se las podía mirar de frente.

En un principio, las únicas personas que los aclamaban eran aquellas a las que el mensajero de Bern había advertido y que sabían lo que sucedía y deseaban que sucediera; pero luego todos los niños se les unieron porque les gustaban los desfiles y habían visto muy pocos. Y a continuación se unieron también todos los colegiales, porque también les gustaban los desfiles y consideraban que cuanto más ruido y agitación hubiera, menos probabilidades había de que tuvieran clase aquella mañana. Y, luego, todas las ancianas sacaron la cabeza por la ventana y empezaron a parlotear y vitorear porque se trataba de un rey, y ¿qué era un gobernador comparado con aquello? Y las jóvenes se unieron a ellas por el mismo motivo y también debido a que Caspian, Drinian y el resto eran muy apuestos. Y después fueron los hombres jóvenes los que acudieron a ver qué miraban las muchachas, de modo que cuando Caspian llegó a las puertas del castillo, casi toda la ciudad lo aclamaba; y el estruendo llegó hasta la habitación del castillo donde estaba Gumpas, hecho un lío con sus cuentas, formularios, normas y leyes, quien oyó el ruido.

A las puertas del castillo, el trompetero de Caspian lanzó un toque de trompeta y gritó:

—Abrid al rey de Narnia, que ha venido a visitar a su fiel y bienamado siervo, el gobernador de las Islas Solitarias.

En aquellos tiempos todo en las islas se realizaba de un modo desaliñado e indolente, de modo que únicamente se abrió un postigo pequeño, y de él salió un tipo desgreñado con un gorro viejo y sucio en la cabeza en lugar de casco, y una pica oxidada en la mano. Guiñó los ojos al contemplar las relucientes figuras que tenía delante.

—No *odéis... zu... zuficianci* —farfulló (lo que era su modo de decir: «No podéis ver a Su Suficiencia».)—. No hay entrevistas sin cita *esepto* de nueve a diez de la noche el segundo sábado de cada mes.

—Descúbrete ante Narnia, perro —tronó lord Bern, y le asestó un golpecito con la mano enfundada en el guantelete que le arrancó el sombrero de la cabeza.

—¿Aquí? ¿Qué es todo esto? —empezó el portero, pero nadie le prestó atención.

Dos de los hombres de Caspian cruzaron la portezuela y tras un cierto forcejeo con barras y cerrojos —todo estaba oxidado—, abrieron de par en par las dos hojas de la entrada. Entonces el rey y su séquito penetraron en el patio. En el interior ganduleaban unos cuantos guardas del gobernador y varios más —en su mayoría limpiándose la boca— salieron precipitadamente de varias entradas. Aunque tenían las armaduras en un estado deplorable, se trataba de hombres que habrían peleado de haber tenido quien los mandase o de haber sabido lo que sucedía; era aquél, por lo tanto, el momento más peligroso. Caspian no les dio tiempo a reflexionar.

—¿Dónde está el capitán? —preguntó.

—Soy yo, más o menos, no sé si me explico —respondió un joven de aspecto lánguido y excesivamente acicalado que no llevaba ni una coraza.

—Es nuestro deseo —indicó Caspian— que nuestra real visita a vuestro reino de las Islas Solitarias sea, si es posible, motivo de júbilo y no de terror para nuestros leales súbditos. Si no fuera por esto, tendría algo que decir respecto al estado de las armaduras y armas de tus hombres. De todos modos, estáis perdonados. Ordena que abran un barril de vino para que tus hombres puedan beber a nuestra salud. Pero mañana al mediodía quiero verlos aquí en este patio con todo el aspecto de soldados y no de vagabundos. Ocúpate de ello so pena de incurrir en nuestro mayor enojo.

El capitán se quedó boquiabierto pero Bern se apresuró a gritar.

—Tres hurras por el rey.

Y los soldados, que habían comprendido lo del barril de vino aunque no hubieran entendido nada más, se unieron a él. Caspian ordenó entonces a la mayoría de sus hombres que permaneciera en el patio, mientras él, acompañado por Bern, Drinian y otros cuatro, entraban en la sala.

Tras una mesa situada en el otro extremo y rodeada por varios secretarios estaba sentado Su Suficiencia, el gobernador de las Islas Solitarias. Gumpas era un hombre de aspecto colérico con un cabello que en otro momento fue rojo y ahora era prácticamente gris. Alzó la vista al entrar los desconocidos y luego la bajó hacia sus papeles mientras decía de un modo automático:

—No hay entrevistas sin cita previa excepto de nueve a diez de la noche el segundo sábado de cada mes.

Caspian hizo una seña con la cabeza a Bern y luego se apartó. El lord y Drinian dieron un paso

al frente y cada uno agarró un extremo de la
mesa. La alzaron y la arrojaron a un lado de la sala donde se volcó, desperdigando una cascada de
cartas, expedientes, frascos de tinta, plumas, lacre
y documentos. A continuación, firmes pero sin
rudeza, como si sus manos fueran tenazas de acero, arrancaron a Gumpas de su sillón y lo coloca-
ron de cara al rey, a un metro y medio de distancia. Caspian se apresuró a sentarse en el asiento
vacío y colocó la espada desnuda atravesada sobre sus rodillas.

—Milord —dijo, clavando los ojos en Gumpas—, no nos habéis ofrecido la bienvenida que
esperábamos. Soy el rey de Narnia.

—No hay nada al respecto en la correspondencia —respondió el gobernador—. No hay nada en las actas. No se nos ha notificado tal cosa. Todo es muy irregular. Tendré a bien considerar cualquier solicitud...

—Y hemos venido a examinar el modo en que Su Suficiencia desempeña el cargo —prosiguió Caspian—. Existen dos puntos en especial sobre los que preciso una explicación. En primer lugar, no consigo encontrar ningún registro de que el tributo que estas islas deben a la Corona de Narnia haya sido abonado en los últimos ciento cincuenta años.

—Esa cuestión debería presentarse en el consejo del próximo mes —replicó Gumpas—. Si alguien propone que se organice una comisión de investigación para informar sobre el historial financiero de las islas en la primera reunión que se celebre el año próximo, entonces...

—También encuentro escrito con toda claridad en nuestras leyes —siguió Caspian— que si el tributo no es entregado, toda la deuda debe ser abonada del bolsillo del gobernador de las Islas Solitarias.

Al escuchar aquello, Gumpas empezó a prestar atención de verdad.

—Vaya, eso es imposible —respondió—. Es una

imposibilidad económica... Ah... Su Majestad debe de estar bromeando.

Mientras tanto se preguntaba interiormente si existiría algún modo de deshacerse de aquellos molestos visitantes. De haber sabido que Caspian sólo tenía una nave y la dotación de un barco con él, habría hablado con amabilidad de momento, con la esperanza de rodearlos y matarlos a todos durante la noche; pero había visto un buque de guerra descendiendo por el estrecho el día anterior y cómo hacía señales, suponía, a sus compañeros. No había sabido entonces que era la nave del rey, pues no había viento suficiente para desplegar la bandera y hacer visible el león dorado, de modo que había aguardado a ver qué sucedía. En aquellos momentos imaginaba que Caspian tenía toda una flota en la Hacienda Bern. A Gumpas jamás se le habría ocurrido que alguien pudiera presentarse en Puerto Angosto para tomar las islas con menos de cincuenta hombres; desde luego no era la clase de cosa que se le ocurriría hacer a él.

—En segundo lugar —siguió Caspian—, quiero saber por qué habéis permitido que este abominable y antinatural tráfico de esclavos se establezca aquí, contrariamente a las antiguas costumbres y usos de nuestros dominios.

—Es necesario, inevitable —dijo Su Suficiencia—. Una parte esencial del desarrollo económico de las islas, os lo aseguro. Nuestra prosperidad actual depende de ello.

—¿Para qué necesitáis esclavos?

—Para exportarlos, Majestad. Los vendemos a Calormen principalmente; y tenemos otros mercados. Somos un gran centro de comercio.

—Es decir —replicó Caspian—, que no los necesitáis. ¿Decidme para qué sirven excepto para llenar de dinero los bolsillos de gente como Pug?

—La juventud de Su Majestad —dijo Gumpas, con lo que quería ser una sonrisa paternal— hace que os sea muy difícil comprender el problema económico que supone. Poseo estadísticas, gráficos, tengo...

—Por joven que sea —replicó el monarca—, creo que comprendo la esencia del tráfico de esclavos casi tan bien como Su Suficiencia. Y no veo que proporcione a las islas carne, pan, cerveza, vino, madera, coles, libros, instrumentos musicales, caballos, armaduras ni nada que valga la pena poseer. Pero tanto si lo hace como si no, hay que ponerle fin.

—Pero eso sería dar marcha atrás al reloj —resolló el gobernador—. ¿Es que no comprendéis lo que es el progreso, el desarrollo?

—He visto ambas cosas en un huevo —respondió Caspian—. A eso lo llamamos «estropearse» en Narnia. Este comercio debe acabarse.

—No puedo hacerme responsable de una medida así —declaró Gumpas.

—Muy bien, pues —replicó Caspian—, os relevamos de vuestro cargo. Milord Bern, venid aquí.

Y antes de que Gumpas se diera cuenta exactamente de lo que sucedía, Bern ya se arrodillaba con las manos entre las manos del rey y juraba gobernar las Islas Solitarias de acuerdo con las antiguas costumbres, derechos, usos y leyes de Narnia.

—Creo que ya hemos tenido suficientes gobernadores —anunció Caspian entonces, y nombró a Bern duque, duque de las Islas Solitarias.

—En cuanto a vos, milord —siguió, dirigiéndose a Gumpas—, os perdono la deuda del tributo. Pero antes del mediodía de mañana vos y los vuestros debéis estar fuera del castillo, que ahora es la residencia del duque.

—Mirad, esto está muy bien —intervino uno de los secretarios de Gumpas—, pero supongamos que todos ustedes, caballeros, dejan esta pantomima y hablamos en serio. La cuestión a la que nos enfrentamos realmente es...

—La cuestión es —dijo el duque— si vos y el resto de la chusma os iréis antes de recibir una buena azotaina o después de ella. Podéis elegir lo que preferís.

Una vez que todo se hubo solucionado favorablemente, Caspian pidió caballos, pues había unos cuantos en el castillo, aunque mal cuidados; y junto con Bern, Drinian y unos cuantos más, cabalgó a la ciudad en dirección al mercado de esclavos. Era un edificio largo y bajo situado cerca del puerto y la escena que tenía lugar en el interior se parecía mucho a cualquier otra subasta; es decir, había una gran multitud y Pug, sobre un estrado, rugía con voz estridente:

—Ahora, caballeros, el lote veintitrés. Un magnífico jornalero terebinthio, apropiado para minas o galeras. Tiene menos de veinticinco años y una dentadura perfecta. Un tipo musculoso, ya lo creo. Sácale la camisa, Tachuelas, y deja que los caballeros lo vean. ¡Ahí tenéis unos buenos músculos! Contemplad ese pecho. Diez mediaslunas del caballero de la esquina. Sin duda debe de estar bromeando, señor. ¡Quince! ¡Dieciocho! Dieciocho es la oferta por el lote veintitrés. ¿Alguien da más de dieciocho? Veintiuna. Gracias, señor. Veintiuna es la oferta...

Pug se interrumpió y contempló boquiabierto a las figuras en cota de malla que habían avanzado con un ruido metálico hasta la tarima.

—De rodillas, todos los presentes, ante el rey de Narnia —ordenó el duque.

Todos oyeron el tintineo y patear de los caballos en el exterior, y muchos habían oído rumores sobre el desembarco y lo acaecido en el castillo. La mayoría obedeció, y los que no lo hicieron se vieron empujados al suelo por sus vecinos. Unos cuantos lanzaron aclamaciones.

—Tu vida pende de un hilo, Pug, por poner las manos sobre mi real persona ayer —declaró Caspian—. Pero se te perdona tu ignorancia. El tráfico de esclavos ha quedado prohibido en todos nuestros dominios desde hace un cuarto de hora. Declaro libres a todos los esclavos de este mercado.

Alzó una mano para detener las aclamaciones de los esclavos y siguió:

—¿Dónde están mis amigos?

—¿La hermosa niñita y el joven y amable caballero? —inquirió Pug con una sonrisa zalamera—. Vaya, pues me los arrebataron de las manos en seguida...

—Estamos aquí, estamos aquí, Caspian —gritaron Lucy y Edmund juntos.

—A vuestro servicio, señor —chilló Reepicheep con voz aflautada desde otra esquina.

Los habían vendido a los tres, pero los hombres

que los habían comprado se habían quedado para pujar por otros esclavos y por lo tanto seguían allí. La multitud se separó para dejarlos pasar a los tres y hubo gran profusión de saludos y apretones de manos entre ellos y Caspian. Dos mercaderes de Calormen se acercaron de inmediato. Los calormenos tienen rostro oscuro y barbas largas; se visten con túnicas amplias y turbantes de color naranja, y son un pueblo prudente, rico, cortés, cruel y antiguo. Se inclinaron muy educadamente ante Caspian y le dedicaron largos cumplidos, todos sobre las fuentes de prosperidad que riegan los jardines de la prudencia y la virtud —y cosas parecidas— pero desde luego lo que querían era el dinero que habían pagado.

—Eso es muy justo, caballeros —declaró el rey—. Todo aquel que haya adquirido un esclavo hoy debe recuperar su dinero. Pug, trae todas tus ganancias hasta el último mínimo.

(Un mínimo es la cuadragésima parte de una medialuna.)

—¿Es que Su Majestad pretende arruinarme? —lloriqueó Pug.

—Has vivido de corazones destrozados toda tu vida —replicó Caspian—, y si te arruinas, es mejor ser un mendigo que un esclavo. Pero ¿dónde está mi otro amigo?

—Ah, ¿ése? —respondió el otro—. Podéis llevároslo tranquilamente. Me alegraré de quitármelo de encima. Jamás había visto algo tan invendible en el mercado en todos los días de mi vida. Lo valoré en cinco mediaslunas al final y ni así lo quisieron. Lo ofrecí gratis junto con otros lotes y nadie lo quiso tampoco. No me lo quedaría por nada. No quiero ni verlo, Tachuelas, trae al señor Caralarga.

Así pues, trajeron a Eustace, y realmente tenía un aspecto muy enfurruñado; pues aunque a nadie le gustaría que lo vendieran como esclavo, quizá hiere aún más el amor propio ser una especie de esclavo suplente que nadie quiere adquirir. El niño se acercó a Caspian y dijo:

—Ya veo. Como de costumbre, has estado divirtiéndote mientras nosotros estábamos prisioneros. Supongo que ni siquiera has averiguado lo del cónsul británico. No, claro que no.

Aquella noche celebraron un gran banquete en el castillo de Puerto Angosto.

—¡Mañana se iniciarán nuestras auténticas aventuras! —declaró Reepicheep después de haberse despedido con una reverencia de todos y marchado a acostarse.

Pero en realidad no podía ser al día siguiente ni mucho menos, pues se preparaban para dejar atrás todo territorio conocido, y había que realizar grandes preparativos. Vaciaron el *Viajero del Alba* y lo subieron a tierra con la ayuda de ocho caballos y rodillos, y los carpinteros de buques más hábiles repasaron la nave de arriba abajo. Luego volvieron a botarla al mar y la aprovisionaron de comida y agua hasta el límite de su capacidad; es decir, para veintiocho días de navegación. Sin embargo, como Edmund advirtió con desilusión, aquello sólo les permitía viajar catorce días en dirección este antes de tener que abandonar su búsqueda.

Mientras todo eso se llevaba a cabo, Caspian no perdió oportunidad de interrogar a los capitanes de navío más ancianos que pudo encontrar en Puerto Angosto para averiguar si sabían algo, aunque no fueran más que rumores, sobre la existencia de tierra más al este. Sirvió innumerables jarras de cerveza del castillo a hombres curtidos de cortas barbas grises y ojos azul claro, y a cambio recibió más de una historia increíble. Sin embargo, aquellos que parecían los más veraces no sabían nada de tierras situadas más allá de las Islas Solitarias, y muchos creían que si se navegaba demasiado lejos en dirección este se iría a parar a una zona de oleaje de un mar sin tierras que formaba remolinos perpetuos alrededor del borde del mundo.

—Y ahí, pienso yo, es donde los amigos de Su Majestad se hundieron.

El resto no tenía más que historias delirantes sobre islas habitadas por hombres sin cabezas, islas que flotaban, trombas marinas y un fuego que ardía sobre el agua. Únicamente uno, con gran satisfacción por parte de Reepicheep, dijo:

—Y después de todo eso está el país de Aslan. Aunque se encuentra más allá del final del mundo y no se puede llegar a él.

Pero cuando lo interrogaron más a fondo sólo pudo decir que se lo había oído contar a su padre.

Bern sólo pudo contarles que había visto como sus seis compañeros zarpaban en dirección este y que nada más se había vuelto a saber de ellos. Lo dijo mientras él y Caspian se encontraban en el punto más alto de Avra contemplando el océano oriental.

—Subo aquí arriba a menudo —explicó el duque—, y he visto salir el sol del mar, y en ocasiones parecía que apenas se encontraba a unos pocos kilómetros de distancia. Y no sé qué habrá sido de mis compañeros ni qué habrá realmente detrás de ese horizonte. Lo más probable es que nada, sin embargo siempre me siento un tanto avergonzado por haberme quedado aquí. Aun así, desearía que Su Majestad no se fuera. Tal vez necesitemos vuestra ayuda aquí. Haber cerrado el mercado de esclavos podría dar origen a un nuevo mundo; lo que barrunto es que habrá guerra con Calormen. Mi señor, recapacitad.

—He hecho un juramento, mi querido duque —respondió Caspian—. Y de todos modos, ¿qué podría decirle a Reepicheep?

CAPÍTULO 5

La tormenta y lo que salió de ésta

Casi tres semanas después de desembarcar remolcaron al *Viajero del Alba* fuera del embarcadero de Puerto Angosto. Se habían pronunciado solemnes discursos de despedida y reunido una gran multitud para presenciar su partida, y también hubo aclamaciones y lágrimas cuando Caspian pronunció su último discurso a los habitantes de las Islas Solitarias y se despidió del duque y su familia, pero cuando la nave, con la vela púrpura ondeando aún ociosamente, se alejó de la orilla, y el sonido de la trompeta de Caspian desde la popa se fue apagando, todos callaron. Entonces el navío encontró viento favorable; la vela se hinchó, el remolcador soltó amarras y empezó a remar de vuelta a tierra, la primera ola auténtica corrió bajo la proa del *Viajero del Alba* y la embarcación volvió a cobrar vida. Los hombres que estaban fuera de servicio marcharon bajo cubierta, Drinian hizo la primera guardia en popa, y el barco giró la proa al este para rodear la parte sur de Avra.

Los días siguientes resultaron deliciosos. Lucy se sentía la niña más afortunada del mundo al despertar cada mañana y contemplar el reflejo del agua iluminada por el sol danzando en el techo de su camarote, y pasear la mirada por todas las cosas bonitas que había conseguido en las Islas Solitarias: botas para el agua, borceguíes, capas, jubones y chales. Y luego salía a cubierta y, desde el castillo de proa, echaba una ojeada al mar, que era de un azul más brillante cada mañana, y aspiraba con fuerza el aire que era un poco más cálido de día en día. Después llegaba la hora del desayuno y sentía un apetito como sólo se consigue en alta mar.

Pasaba gran parte del tiempo sentada en el banquito de popa jugando al ajedrez con Reepicheep. Era divertido verlo levantar las piezas, que eran excesivamente grandes para él, con ambas zarpas y ponerse de puntillas si efectuaba un movimiento cerca del centro del tablero. Era un buen jugador y cuando recordaba que no era más que un juego acostumbraba a ganar. Pero, de vez en cuando, Lucy ganaba porque el ratón efectuaba algún movimiento ridículo como enviar a un caballo a una posición amenazada por una combinación de reina y torre. Aquello sucedía porque había olvidado por un momento que se trataba de un juego de ajedrez y pensaba en una auténtica batalla y hacía que el caballo actuara como sin duda él lo haría de estar en su lugar. La mente del ratón estaba repleta de empresas desesperadas, gloriosas cargas suicidas y defensas imposibles.

Pero aquellos días tan agradables no duraron. Llegó una tarde en que Lucy, mientras contemplaba tranquilamente el largo surco o estela que dejaban tras ellos, vio una gran masa de nubes que crecía por el oeste a una velocidad sorprendente. Entonces se abrió una rendija en ella y una puesta de sol amarilla se derramó por la abertura. Todas las olas situadas detrás de ellos parecieron adquirir unas formas desacostumbradas y el mar se tornó de un color pardo o amarillento como el de una lona sucia. El aire se enfrió, y el barco pareció moverse inquieto como si percibiera el peligro a su espalda. La vela caía plana e inerte un instante y se hinchaba violentamente al siguiente. Mientras observaba todo aquello y se interrogaba sobre un siniestro cambio que se había producido en el ruido mismo del viento, Drinian gritó:

—Todos a cubierta.

En un instante todos estuvieron frenéticamente ocupados. Se aseguraron las escotillas, se apagó el fuego de la cocina y algunos hombres subieron a la arboladura para plegar la vela. La tormenta los alcanzó antes de que terminaran. A Lucy le dio la impresión de que un valle inmenso se abría justo ante la proa, y se precipitaron a su interior, descendiendo más de lo que habría creído posible. Una enorme montaña gris de agua, mucho

más alta que el mástil, se abalanzó a su encuentro; parecía que fueran a perecer sin lugar a dudas, pero se vieron arrojados a lo alto de la ola. En seguida, el barco pareció girar en redondo. Una cascada de agua se derramó sobre la cubierta; la popa y el castillo de proa eran como dos islas con un mar embravecido entre ambos. Arriba en la arboladura los marineros se estiraban sobre la verga en un intento desesperado de hacerse con el control de la vela. Un cabo roto sobresalía oblicuamente empujado por el viento tan tieso como si fuera un atizador.

—Id abajo, señora —gritó Drinian a voz en cuello.

Y Lucy, que sabía que los marineros de agua dulce —y también las marineras— son una molestia para la tripulación, se dispuso a obedecer. No resultó fácil. El *Viajero del Alba* escoraba terriblemente a estribor y la cubierta estaba inclinada como el tejado de una casa. La pequeña tuvo que gatear hasta alcanzar la parte superior de la escalera, agarrándose a la barandilla, luego quedarse allí mientras dos hombres subían por ella, y a continuación descender lo mejor que pudo. Fue una suerte que estuviera ya bien agarrada a ella, pues al llegar al pie de la escalera otra ola barrió con violencia la cubierta, cubriéndola hasta los hombros. Ya estaba casi empapada debido a las salpicaduras y la lluvia pero aquello resultó más frío aún. Se precipitó hacia la puerta del camarote, entró en él y dejó fuera por un momento la aterradora imagen de la velocidad con la que se precipitaban a la oscuridad, pero no, desde luego, la horrible confusión de crujidos, gemidos, chasquidos, golpeteos, rugidos y retumbos que resultaban más alarmantes allí abajo que fuera, en la popa.

Y aquello siguió todo el día siguiente y el siguiente después de aquél. Siguió hasta que apenas recordaban un momento en que no hubiera existido. Y en todo momento tenía que haber tres hombres sujetando la caña del timón y, ni aun así, podían mantener el rumbo entre los tres. Y siempre tenía que haber hombres en la bomba de achicar. Y apenas había tiempo para descansar, y no se podía cocinar nada, ni secar nada, y un hombre cayó por la borda, y no se veía el sol.

Cuando por fin terminó, Eustace efectuó la siguiente anotación en su diario:

3 de septiembre

Es el primer día desde hace una eternidad en que puedo escribir por fin. Nos ha empujado un huracán durante trece días y trece noches. Lo sé porque llevé la cuenta con sumo cuidado. ¡Es «estupendo» estar embarcado en un viaje de lo más peligroso con gente que ni siquiera sabe contar correctamente! Lo he pasado fatal, subiendo y bajando a lomos de olas inmensas una hora tras otra, por lo general mojado hasta los huesos, y sin que nadie intentara siquiera proporcionarnos una comida decente. Sobra decir que no hay radio ni cohetes, de modo que no existía la menor posibilidad de lanzar señales de socorro. Todo eso demuestra lo que no hago más que repetirles, que es una locura hacerse a la mar en una bañera infame como ésta. Ya sería bastante malo aunque uno estuviera con gente decente en lugar de demonios con apariencia humana. Caspian y Edmund se comportan de un modo despiadado conmigo. La noche que perdimos el mástil (ahora sólo queda un fragmento), a pesar de que yo no me sentía nada bien, me obligaron a subir a cubierta y a trabajar como un esclavo. Lucy metió baza diciendo que Reepicheep ansiaba ir pero era demasiado pequeño. Me maravilla que no se dé cuenta de que todo lo que hace ese animalillo es para presumir. Por muy pequeña que sea, Lucy debería tener ya un poco de sentido común. Hoy la repugnante barca se mantiene horizontal por fin y ha salido el sol y todos hemos hablado por los codos para decidir qué hacer. Tenemos comida suficiente, una bazofia horrible en su mayoría, para dieciséis días. (Las olas tiraron las aves de corral por la borda; pero aunque no hubiera sido así, la tormenta les habría impedido poner huevos.) El auténtico problema es el agua. Al parecer un golpe abrió una vía de agua en dos barriles y están vacíos. (Otra muestra de la eficiencia narniana.) Si se raciona a un cuarto de litro por día para cada uno, tenemos suficiente para doce días. (Todavía queda una barbaridad de toneles de ron y de vino, pero incluso ellos se dan cuenta de que beberlo sólo les produciría más sed.)

Si pudiéramos, desde luego, lo más sensato sería virar al oeste de inmediato y dirigirnos a las Islas Solitarias; pero hicieron falta dieciocho días para llegar a donde estamos, corriendo como locos con una galerna a nuestra espalda, e incluso aunque tuviéramos viento del este podríamos tardar mucho más en regresar. Y por el momento no hay ni rastro de viento del este. En cuanto a remar de regreso, se tardaría demasiado y Caspian dice que los hombres no podrían remar con sólo un cuarto de litro de agua al día. Estoy totalmente seguro de que se equivoca. Intenté explicar que el sudor en realidad refresca a la gente, de modo que los hombres necesitarían menos agua si trabajaran; pero no me hizo el menor caso, que es lo que suele hacer cuando no se le ocurre una respuesta. Los demás votaron por seguir adelante con la esperanza de encontrar tierra. Consideré que era mi deber señalar que ignorábamos si había tierra más adelante e intenté que comprendieran los peligros de hacerse ilusiones, y entonces, en lugar de presentar un plan mejor tuvieron la desfachatez de preguntarme qué sugería yo. Así que les expliqué con toda serenidad y sin alzar la voz que a mí me habían secuestrado y arrastrado a aquel viaje idiota sin mi consentimiento, y que no era precisamente asunto mío sacarlos del apuro.

4 de septiembre

Sigue sin soplar viento. Hubo raciones muy escasas para cenar y a mí me dieron menos que a los demás. ¡Caspian es un espabilado en cuestión de raciones y cree que no lo veo! Por algún motivo, Lucy quiso compensarme ofreciéndome un poco de la suya pero ese presuntuoso entrometido de Edmund no se lo permitió. El sol calienta de lo lindo. He pasado una sed terrible toda la tarde.

5 de septiembre

Sigue sin soplar viento y hace mucho calor. Me he sentido mal todo el día y estoy seguro de que tengo fiebre. Como es natural, ni siquiera tienen termómetro a bordo.

6 de septiembre

Un día horrible. Desperté en plena noche totalmente seguro de que tenía fiebre y debía tomar un trago de agua. Cualquier médico lo habría dicho. Sabe Dios que soy la última persona que intentaría obtener una ventaja injusta, pero jamás se me ocurrió que este racionamiento del agua se aplicaría también a una persona enferma. En realidad habría despertado a los demás y pedido un poco, pero pensé que era egoísta de mi parte despertarlos. Así pues me levanté, tomé mi taza y salí de puntillas del agujero negro en el que dormimos, teniendo sumo cuidado de no molestar a Caspian y a Edmund, pues han dormido mal desde que comenzó el calor y empezamos a quedarnos sin agua. Siempre intento tomar en consideración a los demás, tanto si se muestran amables conmigo como si no. Salí sin problemas a la habitación grande, si es que se le puede llamar habitación, donde están los bancos de los remeros y el equipaje. El depósito del agua está en el extremo. Todo iba a las mil maravillas, pero antes de que pudiera sacar un tazón de agua ¿quién va y me encuentra allí? Era ese diminuto espía de Reep. Intenté explicar que iba a subir a cubierta para tomar un poco de aire fresco, pues la cuestión del agua no era asunto suyo, y me preguntó por qué tenía una taza. Armó tanto escándalo que despertó a todo el barco. Me trataron de un modo escandaloso. Pregunté, como creo que habría hecho cualquiera, por qué Reepicheep merodeaba cerca del tonel de agua en plena noche, y él respondió que puesto que era demasiado pequeño para ser de utilidad en cubierta, custodiaba el agua cada noche para que otro hombre más pudiera dormir. Y ahora viene la maldita injusticia de esta gente: todos lo creyeron. ¿Cómo es posible?

Tuve que pedir disculpas o el peligroso animalillo me habría atacado con su espada. Y entonces Caspian se quitó finalmente la máscara para mostrarse como el tirano brutal que es y declaró bien fuerte para que todos lo oyeran que cualquiera que encontraran «robando» agua en el futuro «recibiría dos docenas». No sabía lo que aquello significaba hasta que Edmund me lo explicó. Aparece en la clase de libros que leen esos Pevensie.

Tras esta amenaza cobarde, Caspian cambió de tono y empezó a mostrarse condescendiente. Dijo que se sentía apenado por mi situación y que todo el mundo se sentía igual de febril que yo y que todos debíamos sacar el mejor partido de todo aquello, etc..., etc. Es un pedante odioso y engreído. Hoy me he quedado en la cama todo el día.

7 de septiembre

Hoy ha soplado un poco de viento pero también del oeste. Hemos recorrido unas cuantas millas en dirección este con parte de la vela, colocada en lo que Drinian llama la bandola; eso quiere decir el bauprés colocado vertical y atado (ellos lo llaman «amarrado») al trozo que queda del mástil auténtico. Sigo teniendo una sed terrible.

8 de septiembre

Seguimos navegando en dirección este. Ahora me quedo todo el día en mi litera y no veo a nadie excepto a Lucy hasta que esos dos «malos bichos» vienen a dormir. Lucy me da un poco de su ración de agua. Dice que las chicas no sienten tanta sed como los chicos. A mí ya se me había ocurrido, pero tendría que ser algo más conocido en alta mar.

9 de septiembre

Hay tierra a la vista; una montaña muy alta a lo lejos en dirección sudeste.

10 de septiembre

La montaña resulta más grande y nítida pero sigue estando muy lejos. Hemos vuelto a ver gaviotas hoy por primera vez desde no recuerdo cuánto tiempo hace.

11 de septiembre

Pescamos unos cuantos peces y los comimos para cenar. Echamos el ancla sobre las siete de la tarde en tres brazas de agua en una bahía de esta isla montañosa. Ese idiota de Caspian no quiso dejarnos ir a tierra porque empezaba a oscurecer y tenía miedo de que hubiera salvajes y animales peligrosos. Esta noche hemos tenido ración extra de agua.

Lo que les aguardaba en aquella isla iba a atañer más a Eustace que a cualquier otro, pero no lo puedo relatar en sus propias palabras porque después del 11 de septiembre se olvidó de escribir en su diario durante mucho tiempo.

Cuando llegó la mañana, con un cielo gris y encapotado, pero muy calurosa, los aventureros descubrieron que estaban en una bahía circundada por acantilados y riscos tales que parecía un fiordo noruego. Frente a ellos, en la cabecera de la bahía, había un trozo de terreno llano profusamente poblado de árboles que parecían cedros, por entre los que discurría un veloz arroyo. Más allá había una empinada cuesta que finalizaba en una escarpada cresta y, detrás de ésta, una vaga oscuridad de montañas que se perdían en el interior de nubes de tonos apagados de modo que era imposible distinguir sus cimas. Los acantilados más cercanos, a cada lado de la bahía, estaban surcados aquí y allá por líneas blancas que todos comprendieron que eran cascadas aunque a aque-

lla distancia no mostraban ningún movimiento ni producían ruido. A decir verdad todo el lugar estaba muy silencioso y el agua de la bahía aparecía fina como el cristal, y reflejaba cada uno de los detalles de los farallones. La escena habría resultado pintoresca en un cuadro pero era bastante opresiva en la realidad. No era un lugar que diera la bienvenida a los visitantes.

Toda la tripulación del barco bajó a tierra en el bote, que tuvo que hacer dos viajes, y todos bebieron, se dieron un buen baño en el río, comieron y descansaron antes de que Caspian enviara a cuatro hombres de vuelta para vigilar el barco, y se iniciara la jornada de trabajo. Había que hacer de todo. Había que llevar los barriles a tierra, reparar los que estaban en mal estado si era posible y volver a llenarlos todos; había que talar un árbol —un pino si podían conseguirlo— y convertirlo en un nuevo mástil; había que reparar las velas; era necesario organizar una partida de caza para conseguir cualquier tipo de comida que se pudiera encontrar allí; había que lavar y remendar prendas; y a bordo existían innumerables desperfectos que tenían que repararse. Pues, en aquellos momentos, el *Viajero del Alba* —y eso resultaba más evidente al contemplarlo desde cierta distancia— estaba lejos de ser la espléndida nave que había zarpado de Puerto Angosto. Parecía una carraca estropeada y descolorida que cualquiera habría tomado por un barco naufragado. Los oficiales y la tripulación no se hallaban en mejor estado: escuálidos, pálidos, con los ojos enrojecidos por falta de sueño y vestidos con andrajos.

Eustace, acostado bajo un árbol, sintió que el alma se le caía a los pies al escuchar todos aquellos planes. ¿Es qué no descansarían nunca? Parecía que su primer día en la muy ansiada tierra firme iba a resultar tan agotador como un día en alta mar. Entonces se le ocurrió una idea encantadora. Nadie miraba; todos parloteaban sobre el barco como si realmente les gustara aquella cosa detestable. ¿Por qué no escabullirse tranquilamente? Daría un paseo hacia el interior de la isla, encontraría un lugar fresco y ventilado arriba en las montañas, se echaría una buena siesta y no volvería a reunirse con los demás hasta que hubiera finalizado la jornada de trabajo. Se dijo que le sentaría bien; aunque tendría buen cuidado de mantener la bahía y el barco a la vista para estar seguro del camino de vuelta. No le gustaría nada verse abandonado en aquel lugar.

Puso en práctica el plan inmediatamente. Se levantó de donde estaba sin hacer ruido y se alejó por entre los árboles, esforzándose por andar despacio y dando la impresión de vagar sin rumbo fijo de modo que si alguien lo veía pensara que se limitaba a estirar las piernas. Le sorprendió descubrir lo rápido que el sonido de las conversaciones se apagó y lo terriblemente silencioso, cálido y verde oscuro que se tornó el bosque. Al poco tiempo consideró que podía aventurarse a avanzar con pasó más rápido y decidido.

No tardó en abandonar el bosque, y el terreno empezó a ascender vertiginosamente frente a él. La hierba estaba seca y resbaladiza pero manejable si utilizaba las manos además de los pies, y aunque jadeaba y se secaba la frente muy a menudo, perseveró con tenacidad en su ascenso. Aquello demostró, de paso, que su nueva vida, sin que él lo sospechara, ya le había sentado bastante bien; el antiguo Eustace, el Eustace de Harold y Alberta, habría abandonado la ascensión al cabo de diez minutos.

Despacio, y con varios descansos, alcanzó la cumbre. Allí había esperado obtener una visión del corazón de la isla, pero las nubes habían descendido más y estaban más próximas, y un mar de niebla avanzaba a su encuentro. Se sentó en el suelo y miró atrás. Se encontraba a tal altura que la bahía se veía diminuta a sus pies y se distinguían muchas millas de extensión de agua. Entonces la niebla de las montañas lo envolvió, espesa pero no fría, y se acostó y giró a un lado y a otro para encontrar la posición más cómoda para poder disfrutar del momento.

Pero no disfrutó, o al menos no lo hizo durante mucho tiempo. Casi por primera vez en su vida empezó a sentirse solo. En un principio la sensación creció de modo muy gradual. Y entonces empezó a preocuparse por la hora. No se oía el menor sonido, y de improviso se le ocurrió que tal vez llevaba horas acostado. ¡A lo mejor los otros se habían ido! ¡Tal vez lo habían dejado alejarse a propósito sencillamente para poder abandonarlo allí! Se puso en pie de un salto, presa del pánico, e inició el descenso.

Al principio intentó hacerlo demasiado rápido, resbaló por la pendiente cubierta de hierba y patinó varios metros. Entonces se dijo que aquello lo había llevado demasiado hacia la izquierda, y mientras ascendía había visto precipicios en aquel lado. Así pues volvió a subir a gatas, tan cerca como le pareció del lugar del que había partido, y reanudó el descenso, desviándose hacia la derecha. Después de eso las cosas parecieron ir mejor. Avanzaba con suma cautela, ya que no podía ver a más de un metro por delante de él, y a su alrededor reinaba un silencio total. Resultaba muy molesto tener que moverse con cuidado cuando uno escucha una voz en su interior que le dice sin parar: «Date prisa, date prisa, date prisa». A cada momento la terrible idea de verse abandonado allí cobraba más fuerza. De haber comprendido realmente cómo eran Caspian y los hermanos Pevensie habría sabido, claro está, que no existía la menor posibilidad de que fueran a hacer nada parecido. Pero estaba convencido de que todos ellos eran seres diabólicos con apariencia humana.

—¡Por fin! —exclamó mientras se deslizaba por una pendiente de piedras sueltas (guijarros, las llaman) e iba a parar a terreno llano—. Y ahora, ¿dónde están esos árboles? Veo algo oscuro ahí delante. Caramba, parece como si la niebla empezara a disolverse.

Así era. La luz aumen-  taba de intensidad por momentos, obligándolo a pestañear. La niebla desapareció, y se encontró en un valle totalmente desconocido para él y sin que el mar apareciera por ninguna parte.

CAPÍTULO 6

Las aventuras de Eustace

En aquel mismo instante sus compañeros se lavaban las manos y el rostro en el río, y empezaban a prepararse para comer y descansar. Los tres mejores arqueros habían ascendido a las colinas situadas al norte de la bahía, y habían vuelto cargados con un par de cabras monteses que en aquellos momentos se asaban sobre una fogata. Caspian, por su parte, había hecho bajar a tierra un barril de vino, un vino fuerte de Archenland que había que mezclar con agua antes de beberlo, de modo que habría cantidad suficiente para todos. El trabajo había ido bien hasta el momento y resultó una comida muy festiva. No fue hasta después de servirse asado por segunda vez cuando Edmund comentó:

—¿Dónde está ese sinvergüenza de Eustace?

Mientras tanto Eustace paseaba una mirada

asombrada por el valle desconocido. Era tan estrecho y profundo, y los precipicios que lo rodeaban tan altos, que parecía un foso o una trinchera enorme. El suelo estaba cubierto de hierba, aunque salpicado de rocas, y aquí y allá distinguió zonas negras quemadas como las que se ven a los lados de un terraplén del ferrocarril en un verano sin lluvia. A unos quince metros de distancia había un estanque de aguas lisas y transparentes. No había, en un principio, ninguna otra cosa en el valle; ni un animal, ni un pájaro ni un insecto. El sol caía con fuerza, y picos sombríos y promontorios montañosos se atisbaban por encima del borde del valle.

El niño comprendió que debido a la niebla había descendido por el lado equivocado de la elevación, de modo que se dio la vuelta al instante para regresar por donde había venido. Pero en cuanto hubo echado una mirada se estremeció. Al parecer, y por una asombrosa buena suerte, había encontrado el único camino que existía para bajar; una larga lengua de tierra verde, terriblemente empinada y angosta, con precipicios a cada lado. No existía otro modo de regresar. Pero ¿podría hacerlo, ahora que veía cómo era realmente? La cabeza le daba vueltas sólo de pensarlo.

Volvió a girar, pensando que en cualquier caso

sería mejor que tomara un buen trago del estanque primero. Sin embargo, en cuanto se dio la vuelta y antes de haber dado un paso al interior del valle oyó un ruido a su espalda. No era más que un ruidito pero sonó muy fuerte en aquel silencio formidable. El sonido lo dejó petrificado allí mismo durante un segundo; luego giró el cuello y miró.

Al pie del despeñadero, un poco a su izquierda, había un agujero bajo y oscuro; tal vez la entrada de una cueva. Y de éste surgían dos finas espirales de humo; además las piedras sueltas situadas justo debajo del oscuro hueco se movían —aquél era el ruido que había oído— igual que si algo se arrastrara en la oscuridad detrás de ellas.

Desde luego, algo se arrastraba. Peor aún, algo salía de allí. Edmund, Lucy o tú mismo lo habríais reconocido al momento, pero Eustace no había leído ninguno de los libros apropiados. Lo que sa-

lió de la cueva era algo que él jamás había imaginado siquiera: un hocico largo de color plomizo, ojos de un rojo apagado, sin plumas ni pelaje, un cuerpo largo y flexible que se arrastraba a ras del suelo, patas cuyos codos quedaban más altos que su lomo como las de una araña, garras afiladas, alas parecidas a las de un murciélago que chirriaban contra las piedras, una cola kilométrica. Y las columnas de humo surgían de los dos orificios de su hocico. A Eustace jamás se le ocurrió la palabra «dragón», aunque tampoco habría mejorado las cosas de haberlo hecho.

Pero tal vez si hubiera sabido algo sobre dragones habría experimentado una cierta sorpresa ante el comportamiento de aquel ejemplar. No se sentó muy erguido ni agitó las alas, tampoco brotó un surtidor de llamas de sus fauces. El humo que le salía del hocico era como el humo de un fuego que se extingue. Tampoco pareció haber visto a Eustace. Marchó muy despacio en dirección al estanque; lentamente y con muchas pausas. Incluso a pesar del miedo que sentía, Eustace advirtió que era una criatura vieja y triste, y se preguntó si debía atreverse a echar a correr en dirección a la cuesta. Pero aquella cosa podía volver la cabeza si él hacía algún ruido. Podía cobrar más vida. Tal vez aquello no era más que una simulación. De todos modos, ¿de qué servía intentar huir escalando de una criatura capaz de volar?

El ser alcanzó el estanque y deslizó la horrible barbilla cubierta de escamas por encima de la grava para beber: pero antes de que pudiera hacerlo surgió de él un potente graznido o grito metálico y tras unas cuantas contracciones y convulsiones rodó sobre un costado y se quedó totalmente inmóvil con una zarpa en alto. Un hilillo de sangre oscura manó de las fauces abiertas. El humo de su hocico se tornó negro por un instante y luego se alejó flotando. No volvió a salir más humo.

Durante un buen rato, Eustace no se atrevió a moverse. Tal vez aquello era el truco que empleaba la bestia, la forma en que atraía a los viajeros a su perdición. De todos modos, tampoco podía aguardar eternamente. Dio un paso hacia él, luego dos pasos, y volvió a detenerse. El dragón siguió totalmente inmóvil; advirtió también que el fuego rojo había desaparecido de sus ojos. Finalmente fue a detenerse junto a él. En aquellos momentos el niño se hallaba ya muy seguro de que el animal estaba muerto. Lo tocó con un estremecimiento; nada sucedió.

La sensación de alivio fue tan grande que estuvo a punto de soltar una carcajada en voz alta, y empezó a sentirse como si hubiera peleado y matado al dragón en lugar de haberse limitado a verlo morir. Pasó por encima de él y se dirigió al estanque para beber, pues el calor empezaba a resultar insoportable. No lo sorprendió oír un trueno. Casi a continuación el sol desapareció, y antes de que Eustace terminara de beber caían ya gotas de lluvia.

El clima de aquella isla era de lo más antipático. En menos de un minuto, Eustace estaba mojado hasta los huesos y medio cegado por una lluvia torrencial como jamás se ve en Europa. De nada serviría intentar trepar fuera del valle mientras aquello durara. Salió disparado en dirección al único refugio visible: la cueva del dragón. Una vez allí, se tumbó en el suelo e intentó recuperar el aliento.

La mayoría de nosotros sabe qué se puede encontrar en la guarida de un dragón pero, como ya he dicho, Eustace sólo había leído libros aburridos. Sus lecturas contaban muchas cosas sobre exportaciones e importaciones, gobiernos y alcantarillado, pero resultaban bastante deficientes en el tema de los dragones. Fue por ese motivo por el que lo desconcertó tanto la superficie sobre la que yacía. Partes de ella eran demasiado punzantes para ser piedras y demasiado duras para ser espinos, y parecía haber gran cantidad de cosas planas redondas, además, todo tintineaba cuando se movía. En la boca de la cueva había luz suficiente para examinarla, así que Eustace descubrió que se trataba de lo que cualquiera de nosotros habría podido decirle de antemano: riquezas. Había coronas —los objetos punzantes—, monedas, anillos, brazaletes, lingotes, copas, bandejas y piedras preciosas.

Eustace, al contrario que la mayoría de niños, jamás había pensado en tesoros, pero vio en seguida lo útil que sería éste en aquel mundo nuevo al que tan absurdamente había ido a parar a través del cuadro del dormitorio de Lucy que había en su casa.

—Aquí no tienen impuestos —dijo— y no hay que entregar los tesoros al gobierno. Con una parte de todo esto podría pasarlo bastante bien en este lugar; tal vez en Calormen. Parece el sitio menos absurdo de todas estas tierras. ¿Cuánto podría transportar? Veamos ese brazalete... esas cosas que lleva son probablemente diamantes... me lo colocaré en la muñeca. Es demasiado grande, pero lo subiré justo por encima del codo. Luego me llenaré los bolsillos de diamantes... resultan más cómodos que el oro. Me gustaría saber cuándo va a aflojar esta lluvia infernal.

Fue a colocarse en un lugar menos incómodo de la pila, donde todo eran monedas en su mayoría, y se acomodó a esperar. Pero un buen susto, cuando ya ha pasado, y en especial un buen susto después de un paseo por la montaña, lo deja a uno muy cansado. Eustace se durmió.

Mientras él estaba profundamente dormido y roncando, sus compañeros ya habían acabado de comer y empezaban a sentirse realmente alarmados por su ausencia. Gritaron: «¡Eustace! ¡Eustace! ¡Yuju!» hasta quedarse afónicos, y Caspian hizo sonar su cuerno.

—No está cerca de aquí o lo habría oído —dijo Lucy muy pálida.

—¡Maldito muchacho! —masculló Edmund—. ¿En qué demonios estaría pensando para escabullirse así?

—Tenemos que hacer algo —intervino Lucy—. A lo mejor se ha perdido, ha caído en un agujero o lo han capturado unos salvajes.

—O lo han matado las fieras —añadió Drinian.

—Pues sería todo un alivio si así fuera, eso pienso yo —masculló Rhince.

—Maese Rhince —observó Reepicheep—, eso que habéis dicho no es nada digno de vos. La criatura no es amiga mía pero es pariente de la reina, y mientras forme parte de nuestro grupo concierne a nuestro honor encontrarla y vengarla si está muerta.

—Desde luego que tenemos que encontrarlo, si es que podemos —intervino Caspian en tono fatigado—. Eso es lo fastidioso, porque significa organizar un grupo de búsqueda y un sinfín de molestias. Qué lío con Eustace.

Entretanto, Eustace dormía y dormía... y siguió durmiendo. Lo que lo despertó fue un dolor en el brazo. La luz de la luna penetraba en la boca de la cueva, y el lecho de tesoros parecía haberse tornado mucho más cómodo: en realidad apenas lo notaba. En un principio, el dolor del brazo le desconcertó, pero luego pensó que era el brazalete que había empujado hasta pasar por encima del codo y que se le había clavado. Sin duda el brazo, era el izquierdo, se había hinchado mientras dormía.

Movió el brazo derecho para palparse el izquierdo, pero se detuvo antes de haberlo movido ni un centímetro y se mordió el labio, aterrorizado. Frente a él, y un poco a su derecha, allí donde la luz de la luna caía sobre el suelo de la cueva, vio una silueta espantosa que se movía. Sabía lo que era aquella silueta: era la garra de un dragón. Se había movido cuando él desplazó la mano y se quedó quieta cuando él dejó de moverla.

«Vaya, qué idiota he sido —pensó Eustace—. Claro, el animal tenía una compañera y ahora está acostada a mi lado.»

Durante varios minutos no se atrevió a mover ni un músculo. Vio cómo dos finas columnas de humo se alzaban ante sus ojos, negras al recortarse contra la luz de la luna; del mismo modo que se habían elevado del hocico del otro dragón antes de que muriera. Aquello le resultó tan alar-

mante que contuvo la respiración. Las dos columnas de humo se desvanecieron. Cuando ya no
pudo contener la respiración más tiempo la dejó
escapar furtivamente; al instante volvieron a aparecer dos chorros de humo. Pero ni siquiera así
comprendió la verdad.

Al cabo de un rato decidió que se deslizaría
cautelosamente hacia la izquierda para intentar
escabullirse fuera de la cueva. A lo mejor la criatura estaba dormida; y de todos modos era su
única posibilidad. Pero, claro está, antes de moverse hacia la izquierda echó una mirada en aquella dirección y... ¡Qué horror! También había una
zarpa de dragón en aquel lado.

Nadie podría haber culpado a Eustace por echar-
se a llorar en aquel momento. El niño se sorprendió del tamaño de sus propias lágrimas mientras
contemplaba cómo caían sobre el tesoro ante a él.
Además parecían extrañamente calientes, pues
despedían vapor.

Sin embargo, de nada servía llorar. Debía intentar arrastrarse lejos de los dos dragones. Empezó
a alargar el brazo derecho, y la pata delantera y la
zarpa de su lado derecho realizaron exactamente
el mismo movimiento. A continuación se le ocurrió probar con el brazo izquierdo. La extremidad
del dragón de aquel lado también se movió.

¡Dos dragones, uno a cada lado, imitando todo lo que él hacía! El pánico se apoderó de él y sencillamente salió huyendo hacia la entrada.

Se escuchó tal estrépito, chirridos, tintineo de monedas de oro y crujir de rocas, mientras se precipitaba fuera de la cueva, que pensó que los dos seres lo seguían; aunque no se atrevió a volver la mirada. Corrió en dirección al estanque. La figura retorcida del dragón muerto yaciendo a la luz de la luna habría sido suficiente para asustar a cualquiera pero ahora apenas advirtió su presencia. Su intención era meterse en el agua.

Pero en el mismo instante en que llegaba a la orilla del agua sucedieron dos cosas. En primer lugar, se dio cuenta de que había estado corriendo a cuatro patas... ¿por qué diablos lo había hecho? Y en segundo lugar, mientras se inclinaba hacia el agua, le pareció por un momento que otro dragón más lo miraba desde el interior del estanque. Pero al instante comprendió lo que sucedía. El rostro de dragón del agua era su propio reflejo. No existía la menor duda. Se movía cuando él se movía: abría y cerraba la boca cada vez que él la abría y la cerraba.

Se había convertido en un dragón mientras dormía. Dormido sobre el tesoro de un dragón con codiciosos pensamientos draconianos, se había convertido él mismo en uno de aquellos seres.

Eso lo explicaba todo. No había dos dragones junto a él en el interior de la cueva. Las zarpas a su derecha e izquierda eran las suyas propias. Las dos columnas de humo habían salido de los orificios de su nariz. En cuanto al dolor en el brazo izquierdo (o lo que había sido su brazo izquierdo) supo lo que había sucedido en cuanto miró de reojo con el ojo izquierdo. El brazalete, que había encajado tan perfectamente en el brazo de un muchacho, era demasiado pequeño para la gruesa y achaparrada pata delantera de un dragón y se había clavado profundamente en la carne cubierta de escamas, dejando un bulto punzante a cada uno de sus lados. Intentó quitárselo con sus dientes de dragón pero no consiguió sacarlo.

A pesar del dolor, su primera sensación fue de alivio. Ya no tendría nada que temer. Él mismo era aterrador y nada en el mundo excepto un caballero —y no todos— se atrevería a atacarlo. Incluso podía arreglar las cuentas con Caspian y Edmund ahora...

Pero en cuanto lo pensó se dio cuenta de que no lo deseaba. Quería su amistad; deseaba regresar con los humanos y hablar, reír y compartir cosas. Comprendió que se había convertido en un monstruo aislado de la raza humana, y una espantosa soledad se adueñó de él. Empezó a comprender

que sus compañeros no habían sido unas malas personas en absoluto y ello le hizo preguntarse si él habría sido una persona tan agradable como siempre había supuesto. Anhelaba escuchar sus voces. Habría agradecido incluso una palabra amable del mismo Reepicheep.

Al pensar en todo aquello, el pobre dragón que había sido Eustace alzó la voz y lloró. Un dragón poderoso llorando a moco tendido bajo la luz de la luna en un valle desierto es un espectáculo y un sonido que resulta difícil de imaginar.

Finalmente, decidió que intentaría encontrar el camino de vuelta a la playa. Comprendía ahora que Caspian jamás habría zarpado sin él, y tuvo la seguridad de que hallaría un modo u otro de hacer que la gente se diera cuenta de quién era.

Bebió largo y tendido y luego —y ya sé que suena horroroso, aunque no lo es si se piensa con calma— se comió casi todo el dragón muerto. Se había zampado ya la mitad cuando se dio cuenta de lo que estaba haciendo; pues, ¿sabes?, si bien su mente era la de Eustace, sus gustos y apetito eran los de un dragón. Y no hay nada que le guste tanto a un dragón como la carne de otro de su especie. Ése es el motivo de que pocas veces se encuentre más de un dragón en un mismo condado.

Luego inició el ascenso fuera del valle. Empezó a subir y en cuanto saltó se encontró volando. Había olvidado por completo la existencia de sus alas y se sintió gratamente sorprendido; fue la primera sorpresa agradable que había tenido durante bastante tiempo. Se elevó por los aires y vio innumerables cimas de montañas extendidas a sus pies bajo la luz de la luna. Al poco tiempo, distinguió la bahía como si fuera una losa plateada y al *Viajero del Alba* anclado en sus aguas, y vio las fogatas que centelleaban en el bosque junto a la playa. Desde las alturas se lanzó hacia el suelo en un planeo.

Lucy dormía profundamente ya que había permanecido despierta hasta el regreso del grupo de búsqueda, con la esperanza de recibir buenas noticias acerca de Eustace. Caspian había encabezado el grupo que había regresado muy tarde y con todos sus integrantes exhaustos. Las noticias que traían eran preocupantes. No habían hallado ni rastro del niño pero habían visto a un dragón muerto en un valle. Todos intentaron tomarlo de la mejor manera posible y se aseguraron unos a otros que no era nada probable que hubiera más dragones por allí, y que uno que estaba muerto sobre las tres de la tarde —que era cuando lo habían descubierto— no era probable que anduviera matando gente unas pocas horas antes.

—A menos que se comiera a ese mocoso y muriera debido a ello: ése sería capaz de envenenar cualquier cosa —comentó Rhince; pero lo dijo muy por lo bajo y nadie lo oyó.

Pero más entrada la noche Lucy se despertó con suma suavidad, y descubrió a todo el mundo reunido y conversando en susurros.

—¿Qué sucede? —preguntó.

—Debemos mostrar una gran fortaleza —decía

Caspian—. Un dragón acaba de aparecer volando por encima de las copas de los árboles y se ha posado en la playa. Sí, me temo que se interpone entre nosotros y el barco. Y las flechas no sirven de nada contra esas criaturas. Y no les asusta en absoluto el fuego.

—Con el permiso de Su Majestad... —empezó Reepicheep.

—No, Reepicheep —declaró el monarca con firmeza—, no quiero que intentes entablar combate con él. Y a menos que prometas obedecerme en esta cuestión, haré que te aten. Lo que debemos hacer es mantener una estrecha vigilancia y, en cuanto haya luz, descender a la playa y enfrentarnos a él. Yo iré delante. El rey Edmund estará a mi derecha y lord Drinian a mi izquierda. No se tomarán otras disposiciones. Dentro de un par de horas será de día. En una hora serviremos la comida y lo que queda del vino. Y que todo se realice en silencio.

—Tal vez se vaya —indicó Lucy.

—Será peor si lo hace —dijo Edmund—, porque entonces no sabremos dónde está. Si hay una avispa en la habitación, prefiero verla.

El resto de la noche resultó espantoso, y cuando llegó la comida, aunque sabían que debían comer, muchos descubrieron que apenas sentían apetito.

Y parecieron transcurrir horas interminables hasta que por fin la oscuridad empezó a disiparse, los pájaros iniciaron sus gorjeos aquí y allá, todo se tornó más frío y húmedo de lo que había estado durante la noche y Caspian anunció:

—Vamos por él, amigos míos.

Se levantaron, todos con las espadas desenvainadas, y formaron una masa compacta con Lucy en el centro y Reepicheep en el hombro de la niña. Resultaba mejor que la espera y todo el mundo parecía sentir más afecto por los demás que de ordinario. Al cabo de un momento se pusieron en marcha. La luz aumentó de intensidad mientras llegaban al linde del bosque. Y, allí en la arena, como un lagarto gigante, un cocodrilo flexible o una serpiente con patas, enorme, horrible y jorobado, estaba el dragón.

Pero cuando los vio, en lugar de alzarse y lanzar fuego y humo, el animal retrocedió —uno casi podría haberlo descrito como anadear— hacia los bajíos de la bahía.

—¿Por qué menea la cabeza de ese modo? —inquirió Edmund.

—Y ahora está asintiendo —dijo Caspian.

—Y sale algo de sus ojos —indicó Drinian.

—¿Es qué no lo veis? —intervino Lucy—. Está llorando. Son lágrimas.

—Yo no confiaría en eso, señora —advirtió Drinian—. Eso es lo que hacen los cocodrilos, para que uno baje la guardia.

—Ha movido la cabeza cuando has dicho eso —comentó Edmund—. Igual que si quisiera decir «No». Fijaos, vuelve a hacerlo.

—¿Crees que entiende lo que decimos? —preguntó Lucy.

El dragón asintió violentamente con la cabeza.

Reepicheep se escabulló del hombro de Lucy y fue a colocarse al frente.

—Dragón —llamó con su voz aguda—, ¿comprendes lo que decimos?

La criatura asintió.

—¿Sabes hablar?

El animal negó con la cabeza.

—En ese caso —siguió Reepicheep—, no sirve de nada preguntarte qué te trae por aquí. Pero si deseas jurarnos amistad alza la pata delantera izquierda por encima de la cabeza.

Así lo hizo, pero con torpeza ya que la pata estaba dolorida e hinchada por culpa del brazalete de oro.

—Fijaos —dijo Lucy—, le pasa algo en la pata. Pobrecito; seguramente era ése el motivo por el que lloraba. A lo mejor ha venido a nosotros para que lo curemos igual que en el relato de *Androcles y el león*.

—Ten cuidado, Lucy —advirtió Caspian—. Es

un dragón muy listo, pero también puede ser un mentiroso.

No obstante, Lucy ya se había adelantado seguida por Reepicheep, que lo hizo a toda la velocidad que le permitían sus cortas piernas, y luego, claro está, Drinian y los muchachos fueron también.

El dragón Eustace extendió la pata dolorida de buena gana, recordando el modo en que el cordial de la niña había curado su mareo en alta mar antes de que se convirtiera en un dragón. Sin embargo, en aquella ocasión, sufrió una desilusión. El líquido mágico redujo la hinchazón y alivió el dolor un poco pero no pudo disolver el oro.

Todo el mundo se había apelotonado ahora a su alrededor para observar la cura, y entonces Caspian exclamó de improviso:

—¡Mirad! —Sus ojos estaban fijos en el brazalete.

CAPÍTULO 7

⁓⁓⁓

Cómo terminó la aventura

—Mirar ¿qué? —inquirió Edmund.

—Mirad el emblema que aparece en el oro —respondió Caspian

—Es un martillo pequeño con un diamante encima como si fuera una estrella —dijo Drinian—. Caramba, yo he visto eso antes.

—¡¿Lo has visto?! —exclamó Caspian—. Pues claro que lo has visto. Es el símbolo de una gran casa narniana. Es el brazal de lord Octesian.

—Canalla —increpó Reepicheep al dragón—, ¿has devorado a un lord narniano?

Pero éste negó violentamente con la cabeza.

—O tal vez —intervino Lucy— sea lord Octesian convertido en un dragón; por culpa de un hechizo, ya sabéis.

—No tiene por qué ser ninguna de las dos cosas —dijo Edmund—. Todos los dragones coleccio-

131

nan oro. Sin embargo, creo que podemos suponer, sin temor a equivocarnos, que Octesian no fue más allá de esta isla.

—¿Eres lord Octesian? —preguntó Lucy al dragón, y luego, cuando éste meneó la cabeza tristemente—. ¿Eres alguien hechizado... alguien humano, quiero decir?

El animal asintió con energía.

Y entonces alguien preguntó, aunque los marineros no se pusieron de acuerdo luego sobre si fue Lucy o Edmund quien lo preguntó primero:

—¿No serás... no serás Eustace, por casualidad?

Y Eustace asintió con su terrible testa draconiana y golpeó con la cola en el suelo y todos dieron un salto atrás (algunos de los marineros con exclamaciones que no pienso poner por escrito) para esquivar las lágrimas enormes y ardientes que brotaron de sus ojos.

Lucy se esforzó por consolarlo e incluso se armó de valor para besar su rostro cubierto de escamas, y casi todo el mundo dijo: «Mala suerte» y varios aseguraron a Eustace que todos estarían siempre a su lado y muchos dijeron que sin duda existiría algún modo de desencantarlo y que volvería a estar perfectamente bien en un día o dos. Y desde luego todos se mostraron muy ansiosos por escuchar su historia, pero él no podía hablar. En más de una ocasión, en los días siguientes intentó escribírsela en la arena; pero jamás lo consiguió. Para empezar, Eustace, que jamás había leído los libros apropiados, no tenía ni idea de cómo contar historias. Y aparte de eso, los músculos y nervios de las zarpas de dragón que tenía que utilizar no habían aprendido a escribir y tampoco estaban pensados para hacerlo. Como resultado jamás consiguió llegar hasta el final antes de que la marea subiera y borrara todo lo escrito excepto los pedazos que él ya había pisoteado o eliminado con un movimiento de la cola. Y todo lo que habían podido ver era algo parecido a lo siguiente (los puntos corresponden a las partes que él mismo había emborronado):

FIU A DORM... RONES AGONES QUIERO DECIR CUEVA DRANGONES POQUE ESTABA MUERTO Y OVIA MUCH... AL DESPERTAR Y NO PU... SACAR DE BRAZO MALDICIÓN...

De todos modos, resultó evidente para todos que el carácter de Eustace había mejorado mucho tras haberse convertido en dragón. Éste se mostraba ansioso por ayudar. Sobrevoló toda la isla y descubrió que estaba llena de montañas y habitada únicamente por cabras monteses y piaras de cerdos salvajes; de estos últimos trajo muchos, ya muertos, para aprovisionar el barco. Mataba de un modo muy piadoso, también, ya que podía matar a un animal con un golpe de la cola de modo que éste ni siquiera se enteraba de que lo habían matado (y presumiblemente sigue sin saberlo). Devoró unos cuantos él mismo, desde luego, pero siempre cuando estaba a solas, pues ahora que era un dragón le gustaba la comida cruda aunque no soportaba que los demás contemplaran el modo tan repugnante en que se alimentaba. Y un día, volando despacio y agotado pero con aire triunfal, llevó al campamento un enorme pino que había arrancado de raíz en un valle lejano y que podía convertirse en un mástil estupendo. Y, entrada la tarde, si refrescaba, como sucedía en ocasiones después de lluvias torrenciales, resultaba un consuelo para todos, pues todo el grupo acudía a sentarse con las espaldas apoyadas en sus calientes costados para entrar en calor y secarse. De vez en cuando llevaba a un grupo escogido a efectuar un vuelo sobre su lomo, para que pudieran contemplar, a sus pies, las laderas verdes, las elevaciones rocosas, los valles angostos como fosas y, a lo lejos, mar adentro en dirección este, un punto de un azul más oscuro en el horizonte azul que podría ser tierra firme.

El placer —nuevo para él— de sentir que caía bien a la gente y, aún más, de sentir afecto por la gente, era lo que impedía a Eustace caer en la desesperación. Era muy deprimente ser un dragón y, además, se estremecía cada vez que captaba su reflejo al volar sobre un lago montañoso. Odiaba las enormes alas de murciélago, la cresta dentada de su lomo y las zarpas afiladas y curvas. Casi temía quedarse a solas consigo mismo y sin embargo le avergonzaba estar con los demás. Las tardes que no lo usaban como botella de agua caliente se escabullía fuera del campamento y se enroscaba como una serpiente entre el bosque y el agua. En tales ocasiones, y con gran sorpresa por su parte, era Reepicheep quien le proporcionaba más consuelo. El noble ratón abandonaba sigilosamente el alegre círculo alrededor de la hoguera del campamento e iba a sentarse junto a la testa del dragón, totalmente a barlovento para que no cayera sobre él su aliento humeante. Allí se dedicaba a explicar que lo que le había sucedido a Eustace era un ejemplo sorprendente de cómo giraba la rueda de la fortuna, y que si tuviera a Eustace en su casa de Narnia —en realidad era un agujero, no una casa, y la cabeza del dragón no habría ca-

bido dentro, ¡por no hablar de su cuerpo!— podría mostrarle más de un centenar de ejemplos de
emperadores, reyes, duques, caballeros, poetas,
amantes, astrónomos, filósofos y magos, que habían ido a parar de la prosperidad a una situación
de lo más angustiosa, y cómo muchos se habían
recuperado y vivido felizmente a partir de entonces. Tal vez no parecía tan reconfortante en aquel
momento, pero la intención era buena y Eustace
jamás lo olvidó.

Pero lo que desde luego pesaba sobre todos
como una losa era el problema de qué hacer con
el dragón cuando estuvieran listos para zarpar.
Intentaban no hablar de ello cuando él estaba allí,
pero la criatura no podía evitar oír sin querer cosas como: «¿Cabría a lo largo de un lado de la cu-

bierta? Tendríamos que mover todas las provisiones al otro lado de la bodega para equilibrarlo», «¿Serviría de algo remolcarlo?», «¿Podría seguirnos volando?» y (el más frecuente de todos los comentarios), «Pero ¿cómo vamos a alimentarlo?». Y el pobre Eustace cada vez se daba más cuenta de que había sido una molestia constante desde su primer día a bordo y de que ahora lo era aún más. Y aquello le corroía la mente, igual que el brazalete se le hincaba en la pata. Sabía que no hacía más que empeorar las cosas si intentaba romperlo con los enormes dientes, pero no podía evitar probarlo de vez en cuando, en especial en las noches calurosas.

Unos seis días después de su desembarco en la Isla del Dragón, Edmund se despertó muy temprano. La luz era aún grisácea, de modo que uno podía distinguir los troncos de los árboles si se encontraban entre él y la bahía, pero no en la otra dirección. Al despertar le pareció oír que algo se movía, así que se incorporó sobre un codo y miró a su alrededor: al poco tiempo le pareció ver una figura oscura que avanzaba por el lado del bosque que daba al mar. La primera idea que le vino a la mente fue: «¿Tan seguros estamos de que no hay nativos en esta isla?». A continuación pensó que se trataba de Caspian —era aproximadamente de la misma estatura— pero sabía que éste había dormido a su lado y podía advertir que seguía allí. Edmund se aseguró de que su espada seguía donde tenía que estar y luego se levantó para investigar.

Descendió sin hacer ruido hasta el linde del bosque y vio que la figura seguía allí. Entonces se dio cuenta de que era demasiado pequeña para ser Caspian y demasiado grande para pertenecer a Lucy. Como no salió huyendo, Edmund desenvainó la espada y estaba a punto de dar el alto al desconocido cuando éste dijo en voz baja:

—¿Eres tú, Edmund?

—Sí, ¿quién eres?

—¿No me conoces? —preguntó el otro—. Soy yo... Eustace.

—Cielos. Claro que eres tú. Pero ¿cómo...?

—Chist —dijo Eustace, y se tambaleó como si fuera a caer.

—¡Cuidado! —advirtió Edmund, sujetándolo—. ¿Qué sucede? ¿Te encuentras mal?

Eustace permaneció en silencio tanto tiempo que Edmund creyó que se había desmayado; pero finalmente dijo:

—Ha sido horroroso. No te haces a la idea... pero ahora ya ha pasado. ¿Podríamos ir a charlar a alguna parte? No quiero encontrarme con los demás, aún no.

—Sí, claro, donde tú quieras —respondió su primo—. Podemos ir a sentarnos en aquellas rocas de ahí. Oye, realmente me alegro de verte... de verte... siendo tú mismo otra vez. Debes de haberlo pasado muy mal.

Fueron hasta las rocas y se sentaron de cara a la bahía mientras el cielo se iba tornando más pálido y las estrellas desaparecían a excepción de una muy brillante situada muy baja y cerca de la línea del horizonte.

—No te contaré cómo me convertí en... un dragón hasta que se lo pueda contar a los demás y acabar con ello —dijo Eustace—. A propósito, ni siquiera sabía que era un dragón hasta que te oí utilizar la palabra cuando aparecí aquí la otra mañana. Lo que quiero es contarte cómo deje de serlo.

—Adelante.

—Bueno, anoche me sentía más desdichado que nunca. Y ese espantoso brazalete me hacía un daño horrible...

—¿Ahora ya no te duele?

Eustace se echó a reír —con una risa muy distinta de cualquier otra que Edmund le hubiera oído jamás— y se quitó sin problemas la joya del brazo.

—Ahí lo tienes —declaró— y, por mí, quien lo quiera puede quedárselo. Bien, como decía, estaba ahí acostado en el suelo sin dormir y preguntándome qué iba a ser de mí. Y entonces... aunque, claro, podría haber sido un sueño. No lo sé.

—Sigue —dijo Edmund, con una paciencia considerable.

—Bueno, sea lo que sea, levanté los ojos y vi lo último que esperaba ver: un león enorme que se acercaba despacio a mí. Y una cosa muy extraña era que anoche no había luna pero brillaba la luz de la luna donde estaba el león. Se acercó cada vez más, y yo me sentí muy atemorizado. Uno pensaría que, siendo un dragón, podría haber derribado a cualquier león sin problemas. Pero no era esa clase de miedo. No temía que fuera a comerme, simplemente le tenía miedo... no sé si me explico. Se acercó a mí y me miró directamente a los ojos. Yo los cerré con fuerza; pero no sirvió de nada porque me dijo que lo siguiera.

—¿Quieres decir que habló?

—No lo sé. Ahora que lo mencionas, no creo que lo hiciera. Pero me lo dijo igualmente. Y supe que tenía que hacer lo que me decía, de modo que me levanté y lo seguí. Y me condujo al interior de las montañas. Y había siempre esa luz de luna sobre el felino y alrededor de él, allí donde iba. Por fin llegamos a la cima de una montaña que no había visto nunca y en lo alto de aquella montaña había un jardín; con árboles y frutas y todas esas cosas. En el centro había un pozo.

»Supe que era un pozo porque se veía el agua borboteando desde el fondo: pero era mucho más grande que la mayoría de pozos; igual que una enorme bañera de mármol con peldaños que descendían a su interior. El agua era totalmente transparente y pensé que si podía meterme allí dentro y bañarme, seguramente se aliviaría el dolor de mi pata. Pero el león me dijo que debía desvestirme primero. En realidad no sé si lo dijo en voz alta o no.

»Estaba a punto de responder que no podía desvestirme porque no llevaba ropas cuando de repente se me ocurrió que los dragones son una especie de reptiles y que las serpientes pueden desprenderse de la piel. Claro, me dije, eso es lo que quiere decir el león. Así pues empecé a rascarme y las escamas comenzaron a caer por todas partes. Y a continuación arañé un poco más fuerte y, en lugar de caer únicamente escamas, toda la piel empezó a despegarse limpiamente, como sucede después de una enfermedad o como si se tratara de un plátano. Al cabo de un minuto o dos me deshice de toda ella, y pude contemplarla allí junto a mí, mostrando un aspecto repulsivo. Fue una sensación deliciosa. Entonces inicié el descenso al pozo para tomar un baño.

»Pero justo cuando iba a introducir los pies en el agua bajé los ojos y descubrí que seguían siendo duros, ásperos, arrugados y llenos de escamas. "Vaya, no pasa nada —me dije—, sólo significa que tenía otro traje más pequeño debajo del anterior, y tendré que quitármelo también." De modo que arañé y desgarré otra vez y aquella otra piel también se desprendió sin problemas y salí de ella y la dejé allí tirada en el suelo junto a la otra y fui hacia el pozo para bañarme.

»Bueno, pues volvió a suceder exactamente lo mismo. Y pensé: "Cielos, pero ¿de cuántas capas de piel tengo de desprenderme?". Porque ansiaba meter los brazos en el agua. Así que volví a rascar por tercera vez y me deshice de una tercera piel, igual que había sucedido con las otras dos, y me la quité. Pero en cuanto me miré en el agua supe que no había servido de nada.

»Entonces el león dijo, pero no sé si lo dijo en voz alta: "Tendrás que permitir que te desvista yo". Me daban miedo sus garras, te lo aseguro, pero en aquellos momentos estaba tan desesperado que me acosté bien estirado sobre el lomo para que lo hiciera.

»El primer desgarrón fue tan profundo que creí que había penetrado hasta el mismo corazón. Y cuando empezó a tirar de la piel para sacarla, sentí un dolor mayor del que he sentido jamás. Lo único que me permitió ser capaz de soportarlo fue el placer de sentir cómo desprendían aquella cosa. Ya sabes, es como cuando te arrancas la costra de una herida. Duele horrores pero resulta divertidísimo ver cómo se desprende.

—Sé exactamente lo que quieres decir —repuso Edmund.

—Bueno, pues arrancó por completo aquella cosa espantosa; igual que pensaba que lo había hecho yo mismo las otras tres veces, sólo que entonces no había sentido daño; y allí estaba, sobre la hierba, aunque mucho más gruesa, oscura y con un aspecto más nudoso que las otras. Y allí estaba yo suave, y blandito como un palo descortezado y más pequeño que antes. Entonces me sujetó —lo que no me gustó demasiado, ya que todo mi cuerpo resultaba muy delicado ahora que no tenía piel— y me arrojó al agua. Me escoció una barbaridad pero sólo unos instantes. Después de eso resultó una sensación deliciosa y, en cuanto empecé a nadar y a chapotear, descubrí que el dolor del brazo había desaparecido. Y en seguida comprendí el motivo. Volvía a ser un muchacho.

Sin duda pensarías que estoy loco si te contara cómo me sentí al ver de nuevo mis brazos. Ya sé que no tengo músculos y que son bastante fofos comparados con los de Caspian, pero me alegré tanto de volver a verlos...

»Al cabo de un rato el león me sacó y me vistió...

—¿Te vistió? ¿Con sus garras?

—Bueno, la verdad es que no recuerdo muy bien esa parte. Pero lo hizo de un modo u otro: con prendas nuevas... Las mismas que llevo puestas ahora, precisamente. Y luego, de repente, me encontré de vuelta aquí. Lo que me hace pensar que debe de haber sido un sueño.

—No, no era un sueño —respondió Edmund.

—¿Por qué no?

—Bueno, pues están las ropas, para empezar. Y te han... digamos que «desdragonado», en segundo lugar.

—¿Qué crees que fue, entonces? —preguntó Eustace.

—Creo que has visto a Aslan.

—¡Aslan! —exclamó su primo—. He oído mencionar ese nombre varias veces desde que nos unimos al *Viajero del Alba*. Y sentía, no sé, que lo odiaba. Pero, claro, entonces lo odiaba todo. Y, a propósito, desearía disculparme; me temo que me he comportado de un modo horroroso.

—No es nada —repuso Edmund—. Entre tú y yo, te contaré que no has sido ni la mitad de malo de lo que fui yo en mi primer viaje a Narnia. Tú no has sido más que un burro, pero yo fui un traidor.

—Bueno, pues no me lo cuentes —dijo él—. Pero ¿quién es Aslan? ¿Lo conoces?

—Bueno, digamos que él me conoce a mí —repuso Edmund—. Es el gran león, el hijo del Emperador de Allende los Mares, que me salvó a mí y salvó a Narnia. Todos lo hemos visto. Lucy es quien lo ve más a menudo. Y tal vez sea al país de Aslan adonde nos dirigimos.

Ninguno dijo nada durante un rato. La última estrella brillante se había desvanecido y aunque no veían la salida del sol debido a las montañas situadas a su derecha, sabían que tenía lugar porque el cielo sobre sus cabezas y la bahía que tenían delante adquirieron el color de las rosas. Entonces una ave de la familia de los loros chilló en el bosque detrás de ellos, y oyeron movimientos entre los árboles, y finalmente sonó un toque del cuerno de Caspian. El campamento despertaba.

Grande fue el regocijo cuando Edmund y el recuperado Eustace penetraron en el círculo de personas que desayunaban alrededor de la fogata. Y entonces, claro, todos oyeron la primera parte de la historia. Los allí reunidos se preguntaron si el otro dragón habría matado a lord Octesian años atrás o si el anciano dragón habría sido el mismo Octesian. Las joyas con las que Eustace se había llenado los bolsillos en la cueva habían desaparecido junto con las ropas que había llevado entonces: pero nadie, y mucho menos Eustace, sintió el menor deseo de regresar a aquel valle en busca de más riquezas.

Al cabo de unos pocos días el *Viajero del Alba*, con un nuevo mástil, una nueva capa de pintura y bien aprovisionado, estuvo listo para zarpar. Antes de embarcar, Caspian hizo tallar en la cara lisa de un acantilado que miraba al mar lo siguiente:

ISLA DEL DRAGÓN
DESCUBIERTA POR CASPIAN X,
REY DE NARNIA, ETC.,
EN EL CUARTO AÑO DE SU REINADO.
AQUÍ, SUPONEMOS,
ENCONTRÓ LA MUERTE
LORD OCTESIAN.

Sería agradable, y bastante cierto, decir que «desde aquel momento en adelante Eustace fue

un chico distinto». Pero si hay que ser estricta-
mente precisos deberíamos decir: «empezó a ser»
un chico distinto, pues padeció algunas recaídas.
Todavía hubo muchos días en los que podía mostrarse muy odioso; pero la mayoría de ellos no los
reseñaré. La curación había empezado.

El brazalete de lord Octesian tuvo un curioso
destino. Eustace no lo quería y se lo ofreció a
Caspian, quien, a su vez, se lo ofreció a Lucy. Ésta
no sentía demasiado interés por poseerlo, de
modo que Caspian dijo: «Muy bien, entonces, que
sea para quien lo agarre», y lo lanzó al aire mientras todos estaban de pie contemplando la ins-
cripción. El aro ascendió, centelleando bajo la luz
del sol, y se enganchó, quedando colgado, tan

limpiamente como un tejo bien lanzado, en una pequeña hendidura de la roca. Nadie podía trepar para recuperarlo desde abajo y nadie podía descender desde la cima, tampoco. Y allí, por lo que yo sé, sigue colgado aún y puede que siga hasta el fin del mundo.

CAPÍTULO 8

Salvados por los pelos
en dos ocasiones

Todo el mundo se sentía muy animado cuando el *Viajero del Alba* abandonó la Isla del Dragón. Tuvieron viento a favor en cuanto salieron de la bahía y llegaron muy temprano a la mañana siguiente a la tierra desconocida que algunos habían divisado mientras volaban sobre las montañas cuando Eustace era todavía un dragón. Era una isla llana y verde, en la que no vivían más que conejos y unas cuantas cabras, pero a juzgar por las ruinas de cabañas de piedra y por algunos lugares ennegrecidos allí donde había habido hogueras, supusieron que estaba habitada no hacía mucho tiempo. También había algunos huesos y armas rotas.

—Cosa de piratas —dijo Caspian.

—O del dragón —añadió Edmund.

La única otra cosa que encontraron fue un pequeño bote de cuero, o barquilla, en la playa. Estaba hecha de cuero tensado sobre una estructura de mimbre, y era diminuta, con apenas un metro y veinte centímetros de longitud, y la paleta que todavía se hallaba en su interior guardaba las mismas proporciones. Pensaron que o bien había sido construida para un niño o los pobladores del país habían sido enanos. Reepicheep decidió quedársela, ya que tenía el tamaño justo para él; así pues, la llevaron a bordo. Bautizaron el lugar como Isla Quemada, y reanudaron la navegación antes del mediodía.

Durante cinco días navegaron empujados por un viento sur-sudeste, sin avistar tierra y sin ver peces ni gaviotas. Luego hubo un día en que llovió con fuerza hasta la tarde. Eustace perdió dos partidas de ajedrez contra Reepicheep y empezó a actuar de nuevo como el antiguo y desagradable niño que había sido, y Edmund declaró que ojalá hubieran podido ir a América con Susan. Entonces Lucy miró por la ventana de popa y exclamó:

—¡Eh! Me parece que empieza a parar. Y ¿qué es aquello?

Todos se amontonaron en la toldilla al escucharlo y descubrieron que la lluvia había cesado y que Drinian, que estaba de guardia, también contemplaba con fijeza algo situado a popa. O sería mejor decir, varias cosas. Parecían rocas pequeñas y lisas, toda una hilera de ellas dispuestas a intervalos de poco más de un metro.

—Pero no pueden ser rocas —decía Drinian—, porque hace cinco minutos no estaban ahí.

—Y una acaba de desaparecer —indicó Lucy.

—Sí, y ahí hay otra que está saliendo —añadió Edmund.

—Y más cerca —observó Eustace.

—¡Cielos! —exclamó Caspian—. Todo eso viene hacia aquí.

—Y se mueve mucho más de prisa de lo que nosotros podemos navegar, señor —dijo Drinian—. Nos alcanzarán dentro de un minuto.

Todos contuvieron la respiración, pues no resulta nada agradable verse perseguido por algo desconocido ni en tierra firme ni en alta mar. Sin embargo, lo que resultó ser era mucho peor de lo que ninguno había sospechado. De improviso, apenas a la distancia de un campo de cricket de babor, una cabeza horrorosa se alzó de las aguas; era de color verde y bermellón, con manchas moradas —excepto allí donde tenía pegados crustáceos— y tenía la forma de una cabeza de caballo, aunque sin orejas. Los ojos eran enormes, ojos concebidos para mirar en las oscuras profundidades del océano, y las fauces estaban abiertas y mostraban una doble hilera de dientes afilados como los de los peces. Se alzó sobre lo que en un principio creyeron que era un cuello inmenso; pero a medida que emergía más y más, comprendieron que no se trataba del cuello sino del cuerpo y que lo que veían era lo que tantas personas, en su estupidez, habían deseado siempre contemplar: una gran serpiente marina. Los pliegues de la cola gigantesca se distinguían en la distancia, elevándose de la superficie a intervalos. En aquellos momentos, la cabeza de la criatura se alzaba ya por encima del mástil.

Todos corrieron a tomar las armas, pero no podía hacerse nada, el monstruo estaba fuera de su alcance. «¡Disparad! ¡Disparad!», gritó el maestro arquero, y algunos obedecieron, pero las flechas rebotaron en el pellejo de la serpiente marina como si estuviera recubierto de placas de hierro. Luego, durante un minuto espantoso, todos se quedaron inmóviles, con la cabeza alzada hacia aquellos ojos y aquellas fauces, mientras se preguntaban sobre qué se abalanzaría.

Pero no se abalanzó, sino que lanzó la cabeza al frente por encima del barco a la altura de la verga del mástil. La testa quedó, entonces, justo al lado de la cofa militar. La criatura siguió estirándose y estirándose hasta que la cabeza quedó por encima de la borda de estribor. En ese punto empezó a descender; no sobre la atestada cubierta sino en dirección al agua, de modo que toda la nave quedó bajo el arco que describía el cuerpo de la serpiente. Y casi al momento el arco empezó a encogerse; a decir verdad, por el lado de estribor la serpiente marina casi tocaba al *Viajero del Alba*.

Eustace —que realmente había intentado con todas sus fuerzas comportarse bien, hasta que la lluvia y el ajedrez lo hicieron regresar a sus malos hábitos— realizó en aquel momento la primera acción valerosa de su vida. Llevaba la espada que Caspian le había prestado, y en cuanto el cuerpo de la serpiente estuvo lo bastante cerca del lado de estribor saltó sobre la borda y empezó a asestarle golpes con todas sus fuerzas. Bien es cierto que no consiguió nada aparte de hacer pedazos la segunda mejor espada de Caspian, pero fue una acción hermosa para un principiante.

Otros se habrían unido a él si en aquel momento Reepicheep no hubiera gritado:

—¡No peleéis! ¡Empujad!

Resultaba tan insólito que el ratón aconsejara a alguien que no luchara que, incluso en aquel terrible momento, todos los ojos se volvieron hacia él. Y cuando saltó sobre la borda, por delante de la serpiente, apretó la diminuta espalda peluda contra su enorme lomo viscoso y cubierto de escamas, y empezó a empujar con todas sus fuerzas, unos cuantos comprendieron lo que quería decir y corrieron a ambos lados de la nave para hacer lo mismo. Entonces, cuando al cabo de un instante, la cabeza de la serpiente marina apareció otra vez, en esa ocasión por el lado de babor, y dándoles la espalda, todos comprendieron lo que sucedía.

La bestia se había enroscado alrededor del *Viajero del Alba* y empezaba a apretar el lazo. Cuando estuviera lo bastante tenso —¡*clac*!— no habría más que astillas flotando donde había estado el barco y la criatura podría irlos pescando del agua uno a uno. La única posibilidad que tenían era empujar el lazo hacía atrás hasta que resbalara sobre la popa; o sino (para decirlo de otro modo) empujar la nave hacia delante para que saliera del aro.

Reepicheep tenía, desde luego, las mismas posibilidades de lograrlo que de alzar en segundos una catedral, pero casi había dejado la piel en su intento antes de que otros miembros de la tripulación lo apartaran a un lado. Muy pronto toda la tripulación, excepto Lucy y el ratón —que estaba medio desvanecido—, estuvo colocada en dos filas a lo largo de las dos bordas, con el pecho de cada hombre apretado contra la espalda del que tenía enfrente, de modo que el peso de toda la fila quedaba sobre el último marinero, que empujaba con todas sus fuerzas. Durante unos cuantos segundos terribles —que parecieron horas— no sucedió nada. Las articulaciones crujieron, el sudor brotó a raudales y la respiración de los marineros sonó quejumbrosa y jadeante. Luego pareció como si la nave se moviera y observaron que el aro que formaba el cuerpo de la serpiente se encontraba más apartado del mástil que antes; pero también se dieron cuenta de que se había encogido. Y entonces surgió un segundo peligro. ¿Podrían conseguir que pasara por encima de la popa, o estaba demasiado apretado ya? Sí, pasaría aunque muy justo. El cuerpo descansaba sobre las barandillas de popa. Una docena o más de hombres saltaron sobre la zona. Aquello resultaba mucho mejor. El cuerpo de la serpiente marina se encontraba tan bajo que podían colocarse en hilera a lo largo de la popa y empujar unos al lado de los otros. Crecieron las esperanzas hasta que recordaron la elevada popa esculpida, la cola del dragón, del *Viajero del Alba*. Resultaría imposible hacer pasar a la bestia por encima de aquello.

—Una hacha —chilló Caspian con voz ronca—, y seguid empujando.

Lucy, que sabía dónde estaba todo, lo oyó desde su puesto en la cubierta principal con la mirada fija en la popa. En unos segundos descendió bajo la cubierta, cogió el hacha y corrió escaleras arriba hasta la popa. Pero justo cuando llegaba a lo alto se oyó un estrépito tremendo como si se desplomara un árbol y la nave se balanceó violentamente y salió disparada al frente. Pues en aquel mismo instante, tanto si fue debido a que empujaban a la criatura con tanta fuerza o porque ésta, muy estúpidamente, decidió apretar más el lazo, todo el trozo de popa esculpida se desprendió y la nave quedó libre.

La tripulación estaba demasiado agotada para ver lo que Lucy vio. Allí, a pocos metros por detrás de ellos, el aro formado por el cuerpo de la serpiente marina se fue encogiendo a toda velocidad y desapareció con un chapoteo. Lucy siempre dijo —claro que se sentía muy nerviosa en aquel momento, y podría haber sido producto de su imaginación— que vio una expresión de satisfacción idiota en el rostro de la criatura. Lo que si es cierto es que el animal era muy estúpido, pues en lugar de perseguir el barco giró la cabeza y empezó a deslizar el hocico por todo su cuerpo como si esperara hallar los restos del *Viajero del Alba* allí. Pero la nave estaba ya muy lejos, empujada por una brisa recién levantada, y los hombres fueron a recostarse o a sentarse por toda la cubierta entre gemidos y jadeos, hasta que por fin pudieron comentar lo sucedido, y más adelante reírse de ello. Y después de que se les sirviera un poco de ron incluso profirieron algunas aclamaciones; y todos alabaron el valor de Eustace (aunque no había servido de nada) y el de Reepicheep.

Después de eso navegaron durante tres días más y no vieron otra cosa que mar y cielo. Al cuarto día el viento cambió para soplar hacia el norte y las aguas se encresparon; pasado el mediodía casi se había convertido en una tempestad. Pero, al mismo tiempo, avistaron tierra al frente, a babor.

—Con vuestro permiso, señor —dijo Drinian—, intentaremos colocarnos a sotavento de ese lugar y buscar refugio, quizá hasta que pase el temporal.

Caspian estuvo de acuerdo, pero aunque remaron con energía no consiguieron llegar a tierra hasta muy entrada la tarde. Con las últimas luces del día navegaron al interior de un puerto natural y echaron el ancla, aunque nadie bajó a tierra aquella noche. Por la mañana se encontraron en la verde bahía de un territorio de aspecto escarpado y solitario que ascendía hasta una cima rocosa. Del ventoso norte situado al otro lado de aquella cumbre aparecieron unas nubes que se aproximaban veloces. Botaron la barca al agua y la cargaron con todos los toneles de agua que estaban vacíos en aquellos momentos.

—¿A qué arroyo debemos ir a buscar agua, Drinian? —preguntó Caspian mientras se sentaba en la cámara de la embarcación—. Parece que hay dos que descienden hasta la bahía.

—Resulta un tanto difícil decidir, señor —respondió éste—; pero creo que habría que remar menos si nos dirigiéramos al situado a estribor... el más oriental.

—Ya empieza a llover —indicó Lucy.

—¡Ya lo creo que llueve! —exclamó Edmund, pues llovía ya a cántaros—. Yo propondría que fuéramos hacia el otro arroyo. Allí hay árboles y tendremos un poco de protección.

—Sí, hagámoslo —dijo Eustace—. No tenemos por qué mojarnos más de lo necesario.

Pero Drinian seguía virando hacia estribor, como aquellos conductores tan tercos que siguen conduciendo a setenta kilómetros por hora mientras uno les explica que se han equivocado de carretera.

—Tienen razón, Drinian —dijo Caspian—. ¿Por

qué no viramos y nos dirigimos al arroyo situado al oeste?

—Como desee Su Majestad —respondió él en tono seco.

El capitán había tenido una jornada llena de preocupaciones el día anterior, y no le gustaba recibir consejos de marineros inexpertos. Sin embargo, alteró el rumbo; y, más adelante, resultó ser una buena idea haberlo hecho.

Había cesado de llover cuando terminaron de recoger agua y Caspian, junto con Eustace, los Pevensie y Reepicheep, decidió subir hasta lo alto de la colina para ver qué se divisaba desde allí. Resultó una ascensión penosa por entre maleza áspera y brezos y no vieron ni a hombres ni a bestias, únicamente gaviotas. Cuando alcanzaron la cima descubrieron que se trataba de una isla muy pequeña, de no más de ocho hectáreas; y desde aquella altura el mar se veía más inmenso y desolado que desde la cubierta o la cofa militar del *Viajero del Alba*.

—Resulta disparatado, ¿sabes? —dijo Eustace a Lucy en voz baja, contemplando el horizonte oriental—. Eso de navegar sin descanso sin tener la menor idea de adónde podemos ir a parar.

Pero lo dijo sólo por costumbre, no de un modo realmente ofensivo como habría hecho en el pasado.

Hacía demasiado frío para permanecer mucho tiempo allí arriba, pues seguía soplando un fresco viento del norte.

—En vez de regresar por el mismo camino —propuso Lucy mientras daban la vuelta—, sigamos un poco más y descendamos por el otro arroyo, aquél al que Drinian quería ir.

Todos estuvieron de acuerdo y al cabo de unos quince minutos llegaron al origen del segundo río. Era un lugar más interesante de lo que habían esperado; un lago de montaña, pequeño y profundo, rodeado de riscos excepto por un pequeño canal, del lado que daba al mar, por el que discurría el agua. Allí al menos estaban resguardados del viento, y se sentaron entre los brezos situados en lo alto para descansar.

Se sentaron todos, pero uno de ellos —Edmund— volvió a incorporarse de un salto casi de inmediato.

—Tienen unas piedras muy afiladas en esta isla —dijo, palpando a su alrededor entre los brezos—. ¿Dónde está esa maldita cosa?... Ah, ya la tengo... ¡Vaya! No es una piedra, es la empuñadura de una espada. No, diantre, es una espada entera; lo que la herrumbre ha dejado de ella. Sin duda llevaba aquí una eternidad.

—Narniana también, a juzgar por su aspecto

—dijo Caspian, cuando todos se apiñaron para contemplarla.

—Yo también estoy sentada sobre algo —anunció Lucy—. Algo duro.

Resultaron ser los restos de una cota de malla, y, a partir de aquel momento todos se pusieron a gatas para palpar los espesos brezos en todas direcciones. La búsqueda reveló, uno a uno, un yelmo, una daga y unas cuantas monedas; no mediaslunas calormenas sino genuinos «leones» y «árboles» narnianos como los que se podían encontrar cualquier día en el mercado del Dique de los Castores o de Beruna.

—Parece que es todo lo que queda de uno de nuestros siete lores —dijo Edmund.

—Justo lo que pensaba —asintió Caspian—. Me pregunto quién sería. No hay nada en la daga que lo indique. Y me gustaría saber cómo murió.

—Y cómo vamos a vengarlo —añadió Reepicheep.

Mientras tanto, Edmund, el único miembro del grupo que había leído varias historias de detectives, iba pensando.

—Oíd —dijo—, hay algo muy sospechoso en todo esto. No puede haber muerto en una pelea.

—¿Por qué no? —preguntó Caspian.

—No hay huesos —declaró Edmund—. Un adversario podría llevarse la armadura y dejar el cuerpo. Pero ¿quién ha oído jamás que alguien que haya ganado un combate se lleve el cuerpo y deje la armadura?

—A lo mejor lo mató un animal salvaje —sugirió Lucy.

—Pues sería un animal muy listo —dijo su hermano— si fue capaz de sacarle la cota de malla.

—¿A lo mejor un dragón? —sugirió Caspian.

—Ni hablar —repuso Eustace—. Un dragón no podría hacerlo. Os lo digo por experiencia.

—Bueno, pues vayámonos de aquí, de todos modos —dijo Lucy, que no se había sentido con ánimos para sentarse desde que Edmund había mencionado lo de los huesos.

—Si quieres —respondió Caspian, poniéndose en pie—; no creo que valga la pena llevarse ninguna de estas cosas.

Descendieron y rodearon la pequeña abertura por la que el arroyo salía del lago, y se quedaron contemplando las profundas aguas enmarcadas por los elevados riscos. De haber sido un día caluroso, sin duda alguno de ellos se habría sentido tentado a bañarse y todos habrían bebido. A decir verdad, incluso así, Eustace estaba a punto de inclinarse y tomar agua entre las manos, cuando Reepicheep y Lucy exclamaron al

unísono: «Mirad», y entonces se olvidó de beber y miró.

El suelo del estanque estaba formado por grandes piedras de color azul grisáceo y el agua era totalmente transparente, y allí, en el fondo, yacía una figura a tamaño natural de un hombre, aparentemente hecha de oro, boca bajo con los brazos extendidos por encima de la cabeza. Y sucedió que, mientras la contemplaban, las nubes se abrieron y salió el sol, y la figura dorada quedó iluminada de un extremo al otro. Lucy pensó que era la estatua más hermosa que había visto jamás.

—¡Vaya! —silbó Caspian—. ¡Valía la pena venir aquí para ver esto! ¿Creéis que podríamos sacarla?

—Podríamos sumergirnos para hacernos con ella, señor —sugirió Reepicheep.

—No serviría de nada —dijo Edmund—. Como mínimo, si es de oro, de oro macizo, será demasiado pesada para subirla. Y ese estanque tiene al menos cuatro o cinco metros de profundidad. Esperad un segundo. Menos mal que he traído una lanza de caza conmigo. Veamos qué profundidad tiene esto. Sujétame la mano, Caspian, mientras me inclino sobre el agua un poco.

Caspian le tomó la mano y Edmund, inclinándose al frente, empezó a hundir la lanza en el agua.

—No creo que la estatua sea de oro —declaró Lucy antes de que la mitad de la lanza hubiera quedado sumergida—. No es más que la luz. Ahora tu lanza parece del mismo color.

—¿Qué sucede? —inquirieron varias voces a la vez; pues Edmund acababa de soltar la lanza de repente.

—No he podido sujetarla —jadeó él—, pesaba muchísimo.

—Y ahora está en el fondo —dijo Caspian—, y Lucy tiene razón. Tiene el mismo color que la estatua.

Pero Edmund, que parecía tener algún problema con las botas —al menos se había inclinado y las contemplaba con atención— se irguió de improviso y chilló en un tono tan agudo que nadie habría osado desobedecerle.

—¡Atrás! Apartaos del agua. Todos. ¡Ahora mismo!

Todos obedecieron y lo miraron con asombro.

—Fijaos —dijo Edmund—, mirad las puntas de mis botas.

—Parecen un poco amarillas —empezó a decir Eustace.

—Son de oro, de oro macizo —interrumpió Edmund—. Miradlas. Tocadlas. El cuero ha desaparecido. Y pesan como si fueran de plomo.

—¡Por Aslan! —exclamó Caspian—. ¿No estarás diciendo que...?

—Sí, ya lo creo. El agua convierte las cosas en oro. Convirtió la lanza en oro, por eso pesaba tanto. Y me lamía los pies (es una suerte que no estuviera descalzo) y convirtió las puntas de las botas en oro. Y ese pobre desgraciado del fondo... pues, ya lo veis.

—O sea que no es una estatua —dijo Lucy en voz baja.

—No. Ahora está todo muy claro. Estuvo aquí en un día caluroso y se desvistió en lo alto de la colina, donde estábamos sentados nosotros. Las ropas se habrán podrido o se las habrán llevado las aves para forrar sus nidos; la armadura sigue ahí. Luego se zambulló en el agua y...

—No sigas —intervino Lucy—. ¡Qué horrible!

—Nos hemos librado por los pelos —declaró su hermano.

—Ya lo creo —coincidió Reepicheep—. Un dedo, un pie, un bigote o la cola de cualquiera de nosotros podrían haber ido a parar al agua en cualquier momento.

—De todos modos —intervino Caspian—, deberíamos hacer una prueba.

Se inclinó sobre el suelo y arrancó un ramillete de brezo. A continuación, con suma cautela, se arrodilló junto al estanque y lo sumergió en él. Era brezo lo que introdujo; lo que sacó era una reproducción perfecta del brezo hecha del oro más puro, pesada y lisa como el plomo.

—El rey que poseyera esta isla —declaró Caspian despacio, y su rostro se sonrojó mientras lo decía—, no tardaría en ser el más rico de todos los reyes del mundo. Reclamo esta isla para siempre como posesión de Narnia. De ahora en adelante recibirá el nombre de Isla del Agua de Oro. Y os apremio a mantenerlo en secreto. Nadie debe enterarse de esto. Ni siquiera Drinian... bajo pena de muerte, ¿me oís?

—¿Con quién te crees que hablas? —replicó Edmund—. No soy súbdito tuyo. Si acaso debería ser al contrario. Soy uno de los cuatro antiguos soberanos de Narnia y tú le debes lealtad al Sumo Monarca, mi hermano.

—Así que ésas tenemos, rey Edmund... Pues...

—dijo Caspian, posando la mano sobre la empuñadura de su espada.

—Vamos, haced el favor de parar, vosotros dos —intervino Lucy—. Esto es lo peor de hacer algo con chicos. Sois una pandilla de idiotas fanfarrones y pendencieros... ¡Oh!... —Su voz se apagó en un grito de asombro. Y todos vieron lo que la niña había visto.

Por la ladera gris de la colina situada por encima de ellos —gris, debido a que el brezo no había florecido todavía—, silencioso, sin mirarlos y brillando como si se hallara bajo una reluciente luz solar a pesar de que el sol se había vuelto a ocultar, pasó con andares lentos el león más grande que ojo humano haya contemplado jamás. Más tarde, al describir la escena Lucy dijo: «Tenía el tamaño de un elefante», aunque en otra ocasión se limitó a indicar: «El tamaño de un caballo de tiro». Sin embargo, no era el tamaño lo que importaba. Nadie osó preguntar qué era, pues todos sabían que se trataba de Aslan.

Y nadie vio cómo o por dónde se marchaba. Se miraron los unos a los otros como si despertaran de un sueño.

—¿De qué hablábamos? —preguntó Caspian—. ¿Me he comportado de un modo ridículo?

—Señor —dijo Reepicheep—, este lugar está

maldito. Regresemos a bordo de inmediato. Y si pudiera tener el honor de bautizar esta isla, yo la llamaría Isla del Agua Letal.

—Me parece un nombre muy apropiado, Reep —repuso Caspian—, aunque ahora que lo pienso, no sé por qué. Pero parece que el tiempo mejora y diría que Drinian estará ansioso por zarpar. ¡Cuántas cosas podremos contarle!

Pero en realidad no tuvieron gran cosa que contar ya que el recuerdo de la última hora se había vuelto totalmente confuso.

—Sus Majestades parecían hechizados cuando subieron a bordo —comentó Drinian a Rhince algunas horas más tarde cuando el *Viajero del Alba* volvió a surcar las aguas y la Isla del Agua Letal quedó por debajo de la línea del horizonte—. Algo les sucedió en ese lugar, pero lo único que he conseguido sacar en claro ha sido que creen haber encontrado el cuerpo de uno de esos lores que buscamos.

—¿Es eso cierto, capitán? —preguntó Rhince—. Bueno, pues ya son tres. Sólo quedan cuatro más. A este paso podríamos estar en casa poco después de Año Nuevo. Y no estaría nada mal. Me estoy quedando sin tabaco. Buenas noches, señor.

CAPÍTULO 9

La Isla de las Voces

Y entonces los vientos, que durante tanto tiempo habían soplado del noroeste, empezaron a soplar del oeste mismo y cada mañana cuando el sol surgía del mar, la proa curva del *Viajero del Alba* se alzaba justo en medio del astro rey. Algunos pensaron que el sol parecía más grande allí que en Narnia, pero otros discreparon. Navegaron sin pausa impelidos por una brisa suave pero a la vez constante y no avistaron ni peces, ni gaviotas, ni barcos, ni costas. Y las provisiones volvieron a escasear, y se deslizó furtivamente en sus corazones la idea de que tal vez hubieran llegado a un mar sin fin. No obstante, cuando amaneció el último día que podían arriesgarse a proseguir con su viaje al este, justo al frente entre ellos y la salida del sol, divisaron una tierra llana posada en el agua como una nube.

Atracaron en una bahía amplia mediada la tarde y desembarcaron. Era un lugar muy distinto de los que habían visto hasta entonces; pues una vez que atravesaron la playa de fina arena lo hallaron todo silencioso y vacío como si fuera un territorio deshabitado, mientras que ante ellos se extendían céspedes uniformes en los que la hierba era suave y corta como la que acostumbraba a haber en los jardines de una gran mansión inglesa que dispusiera de diez jardineros. Los árboles, que abundaban, estaban todos bien separados unos de otros, y no había ramas rotas ni hojas caídas en el suelo. De cuando en cuando se oía el arrullo de alguna paloma pero ningún otro ruido.

Al cabo de un rato llegaron a un sendero de arena, largo y recto, en el que no crecía ni una mala hierba, con árboles a ambos lados. A lo lejos, en el otro extremo de aquella avenida, divisaron una casa; muy alargada y gris y de aspecto silencioso bajo el sol de la tarde.

Nada más entrar en aquel sendero, Lucy advirtió que se le había metido una piedrecilla en el zapato. En aquel lugar desconocido tal vez habría sido mejor que pidiera a los otros que aguardaran mientras se la quitaba, pero no lo hizo; se quedó rezagada sin hacer ruido y se sentó para quitarse el zapato. Se le había hecho un nudo en el lazo.

Antes de que hubiera conseguido deshacer el nudo sus compañeros estaban ya a bastante distancia, y cuando por fin se sacó el guijarro y volvió a calzarse el zapato ya no los oía. Pero casi al momento oyó otra cosa, que no provenía de la casa.

Lo que oyó fue un golpeteo, que sonaba como si docenas de trabajadores fornidos dieran en el suelo con todas sus fuerzas con enormes mazos de madera. Y el sonido se acercaba con rapidez. Estaba sentada ya de espaldas a un árbol, y puesto que éste no era uno al que pudiera trepar, no pudo hacer otra cosa que quedarse allí, totalmente inmóvil, y aplastarse contra el tronco con la esperanza de que no la vieran.

Plomp, plomp, plomp... y fuera lo que fuese tenía que estar muy cerca ya porque notaba que el suelo se estremecía. Sin embargo, no veía nada y pensó que la cosa —o cosas— debían estar detrás de ella. Pero entonces oyó otro *plomp* en el sendero justo delante de ella. Supo que era en el sendero no únicamente por el sonido sino porque vio como la arena se desparramaba como si le hubieran asestado un golpe tremendo. Pero no vio qué la había golpeado. A continuación todos los sonidos de golpes se juntaron a unos seis metros de distancia de ella y cesaron de improviso. Entonces se oyó una voz.

Realmente resultaba aterrador porque seguía sin ver nada. Toda aquella especie de parque seguía mostrando el mismo aspecto tranquilo y vacío que había tenido cuando desembarcaron. Sin embargo, a apenas unos pocos metros de ella, una voz habló. Y lo que dijo fue:

—Compañeros, ésta es nuestra oportunidad.

—Bien dicho. Bien dicho. «Ésta es nuestra oportunidad», ha dicho —contestó al instante un coro de otras voces—. Bien hecho, jefe. Jamás has dicho nada más cierto.

—Lo que yo digo —siguió la primera voz— es

que nos coloquemos en la playa entre ellos y su bote, y que cada hijo de vecino se sirva de sus armas. Los atraparemos cuando intenten zarpar.

—Sí, ése es el modo de hacerlo —gritaron las demás voces—. Jamás se te ha ocurrido un plan mejor, jefe. Mantenlo, jefe. No podrías tener mejor plan que ése.

—Aprisa, pues, camaradas, aprisa —volvió a decir la primera voz—. En marcha.

—Acertado otra vez, jefe —replicaron los demás—. No podrías haber dado una orden mejor. Justo lo que íbamos a decir nosotros. En marcha.

Los golpes volvieron a empezar al momento; muy sonoros al principio pero luego cada vez más débiles, hasta que se apagaron por completo en dirección al mar.

Lucy sabía que no podía permanecer allí sentada devanándose los sesos sobre qué podrían ser aquellas criaturas invisibles, de modo que en cuanto el ruido de golpes dejó de oírse se levantó y corrió sendero adelante tras sus compañeros tan de prisa como le permitieron las piernas. Había que advertirles a toda costa.

Entretanto, los demás habían llegado hasta la casa. Era un edificio bajo —de sólo dos pisos— construido con una hermosa piedra de tonalidad suave, con muchas ventanas y parcialmente cubierto de hiedra. Todo estaba tan silencioso que Eustace dijo:

—Creo que está vacía.

Pero Caspian señaló en silencio la columna de humo que surgía de una chimenea.

Encontraron un gran portalón abierto y lo cruzaron, yendo a parar a un patio pavimentado. Y fue allí donde recibieron su primer indicio de que había algo extraño en aquella isla. En medio del patio había una bomba de agua, y bajo la bomba, un cubo; en principio no había nada raro en eso, pero la manivela de la bomba se movía arriba y abajo, a pesar de que no parecía haber nadie manejándola.

—¡Aquí hay magia! —dijo Caspian.

—¡Maquinaria! —exclamó Eustace—. Me parece que por fin hemos llegado a un país civilizado.

En aquel momento Lucy, sudorosa y sin aliento, penetró corriendo en el patio detrás de ellos. En voz baja intentó hacerles comprender lo que había escuchado, y una vez que lo hubieron entendido en parte ni el más valiente de ellos se mostró nada contento.

—Enemigos invisibles —masculló Caspian—, y que nos quieren aislar del bote. Esto no pinta nada bien.

—¿No tienes ni idea de qué clase de criaturas son, Lu? —preguntó Edmund.

—¿Cómo puedo tenerla, Ed, si no podía verlas?

—¿Parecían humanos por sus pisadas?

—No oí ningún sonido de pies; únicamente voces y ese aterrador golpeteo... como de un mazo.

—Me gustaría saber —intervino Reepicheep— si se vuelven visibles cuando los atraviesas con una espada.

—Me parece que no tardaremos en descubrirlo —indicó Caspian—. Pero salgamos de esta entrada. Hay uno de ellos junto a la bomba de agua escuchando todo lo que decimos.

Salieron y regresaron al sendero, donde los árboles tal vez harían que resultasen menos visibles.

—No es que vaya a servir de mucho —observó Eustace— intentar ocultarse de gente a la que uno no puede ver. Pueden estar por todas partes a nuestro alrededor.

—Bien, Drinian —dijo Caspian—. ¿Qué tal si diéramos el bote por perdido, descendiéramos a otra parte de la bahía, e hiciéramos señales al *Viajero del Alba* para que pusiera rumbo hacia nosotros y nos rescatara?

—No hay suficiente profundidad para la nave, señor —respondió Drinian.

—Podríamos nadar —sugirió Lucy.

—Majestades —intervino Reepicheep—, escuchadme. Es una tontería pensar en esquivar a un enemigo invisible avanzando a hurtadillas o sigilosamente. Si estas criaturas están decididas a enfrentarse a nosotros, tened por seguro que lo conseguirán. Y acabe como acabe esto, yo preferiría pelear con ellas cara a cara a que me atrapen por la cola.

—Realmente creo que Reep tiene razón esta vez —declaró Edmund.

—Sin duda —añadió Lucy—, si Rhince y los que siguen en el *Viajero del Alba* nos ven peleando en la orilla podrán hacer «algo».

—Pero no nos verán pelear si no pueden ver al enemigo —indicó Eustace en tono desdichado—. Pensarán que agitamos las espadas en el aire para divertirnos.

Se produjo un incómodo silencio.

—Bueno —dijo Caspian finalmente—, acabemos con esto. Debemos bajar y enfrentarnos a ellos. Estrechémonos las manos... Coloca una flecha en el arco, Lucy... Desenvainad las espadas todos los demás... Y ahora, vamos. Tal vez quieran parlamentar.

Resultaba extraño contemplar los céspedes y los enormes árboles con aquel aspecto tan pacífico mientras regresaban a la playa. Y cuando llegaron allí, y vieron el bote justo donde lo habían dejado y la arena totalmente lisa sin descubrir a nadie en ella, más de uno se planteó que tal vez Lucy hubiera imaginado todo lo que les había contado. Pero antes de que llegaran a la arena, sonó una voz en el aire.

—No sigáis, señores míos, no sigáis adelante —dijo—. Tenemos que hablar con vosotros primero. Hay más de cincuenta de nosotros aquí empuñando armas.

—Eso, eso —apostilló el coro—. Ése es nuestro jefe. Uno puede confiar en lo que dice. Os dice la verdad, desde luego que sí.

—Yo no veo a esos cincuenta guerreros —comentó Reepicheep.

—Es cierto, es muy cierto —respondió la voz principal—. No nos veis. Y ¿por qué no? Pues porque somos invisibles.

—Mantente firme, jefe, mantente firme —dijeron las otras voces—. Hablas como un libro. No podrían pedir mejor respuesta que ésa.

—Permanece callado, Reep —indicó Caspian, y luego añadió en voz más alta—. Gente invisible, ¿qué queréis de nosotros? Y ¿qué hemos hecho para ganarnos vuestra enemistad?

—Queremos algo que la niña puede hacer por nosotros —dijo la voz del jefe, y los demás apuntaron que era exactamente lo que habrían dicho ellos.

—¡La niña! —exclamó Reepicheep—. La dama es una reina.

—No sabemos nada de reinas —declaró la voz principal («Ni tampoco nosotros, ni tampoco nosotros», corearon los otros)—. Pero queremos algo que ella puede hacer.

—¿Qué es? —preguntó Lucy.

—Y si se trata de algo que vaya en contra del honor o la seguridad de Su Majestad —añadió el ratón—, os asombrará ver a cuántos podemos matar antes de morir.

—Bueno —respondió la voz del jefe—, se trata de una larga historia. ¿Y si nos sentáramos todos?

La propuesta fue calurosamente aceptada por las demás voces pero los narnianos permanecieron de pie.

—Bueno —empezó la voz—, la historia es la siguiente. Esta isla ha sido propiedad de un gran mago desde tiempo inmemorial. Y todos nosotros somos, o tal vez debería decir que éramos, sus sirvientes. Bueno, en pocas palabras, este mago del que hablaba nos dijo que hiciéramos algo que no nos gustó. Y ¿por qué no? Pues porque no queríamos hacerlo. Bueno, entonces el mago se enfureció; pues debería deciros que era el propietario de la isla y no estaba acostumbrado a que lo contrariaran. Era terriblemente insoportable, ¿sabéis? Pero, dejadme ver, ¿por dónde iba? Ah, sí, el mago subió entonces al piso superior (pues debéis saber que guardaba todos sus objetos mágicos allí arriba y todos nosotros vivíamos abajo); como os decía, subió y nos lanzó un hechizo. Un hechizo para volver fea a la gente. Si nos vierais ahora, y en mi opinión deberíais dar gracias de que no sea así, no creeríais el aspecto que teníamos antes de que nos afearan. Ya lo creo que no os los creeríais. Y allí estábamos nosotros, tan feos que no podíamos soportar contemplarnos los unos a los otros. Así que, ¿qué hicimos? Os diré lo que hicimos. Aguardamos hasta que pensamos que el mago estaría echando la siesta y nos deslizamos a hurtadillas escaleras arriba y fuimos hasta donde estaba su libro mágico, con una total desvergüenza, para ver si podíamos hacer algo respecto a aquel afeamiento. Aunque todos temblábamos de pies a cabeza, no os voy a engañar. De todos modos, tanto si me creéis como si no, os aseguro que no conseguimos encontrar ninguna clase de hechizo que eliminara la fealdad. Y entre que se nos acababa el tiempo y que temíamos que el anciano caballero despertara en cualquier momento... Yo sudaba a chorros, para qué os voy a engañar... Bueno, para resumir, al final vimos un hechizo para hacer invisible a la gente. Y se nos ocurrió que casi preferiríamos ser invisibles a seguir siendo tan feos como éramos. Y ¿por qué? Pues porque creíamos que nos gustaría más eso. Así que mi pequeña, que es más o menos de la edad de vuestra pequeña, y una criatura preciosa antes de que la volvieran fea, aunque ahora... Pero cuanto menos se diga mejor... Como decía, mi pequeña pronunció el hechizo, porque tiene que ser una niña o el mago en persona quien lo haga, no sé si me explico, pues de lo contrario no funciona. Y ¿por qué no? Porque no sucede nada.

Así que mi Clipsie pronunció el conjuro, pues debería haberos dicho que lee de maravilla, y todos nos volvimos tan invisibles como cabría esperar. Y os aseguro que fue un alivio no vernos mutuamente las caras. Al principio, al menos. Pero en resumidas cuentas estamos ya más que hartos de ser invisibles. Y hay otra cosa. Jamás se nos ocurrió que este mago, aquel del que os hablaba, también se volvería invisible. Pero lo cierto es que no lo hemos vuelto a ver. O sea que no sabemos si está muerto, si se ha ido o si sencillamente está sentado en el piso de arriba totalmente invisible, ni tampoco si, de vez en cuando, también desciende a la planta baja, totalmente invisible. Y, podéis creerme, de nada sirve aguzar el oído porque siempre andaba descalzo por todas partes, sin hacer más ruido que un felino de grandes dimensiones. Y os lo diré claramente, caballeros, nuestros nervios ya no pueden soportar esta situación.

Tal fue el relato de la voz principal, pero bastante más abreviado, ya que he omitido todo lo que las otras voces añadían. En realidad el jefe jamás conseguía pronunciar más de seis o siete palabras sin ser interrumpido por sus asentimientos y palabras de ánimo, lo que casi volvió locos de impaciencia a los narnianos. Finalizada la narración hubo un largo silencio.

—Pero —dijo Lucy por fin—, ¿qué tiene esto que ver con nosotros? No lo comprendo.

—Vaya, válgame el cielo, ¡si me he olvidado lo más importante! —respondió el jefe.

—Desde luego que lo has hecho, desde luego que lo has hecho —rugieron las otras voces con gran entusiasmo—. Nadie podría habérselo dejado de un modo más claro y mejor. Así se hace, jefe, así se hace.

—Bien, no necesito repetir toda la historia —empezó éste.

—No, desde luego que no —dijeron Caspian y Edmund.

—Entonces, para decirlo en pocas palabras, llevamos esperando una eternidad a que aparezca una gentil niña del extranjero, como podrías ser tú, señorita, que suba al lugar donde está el libro mágico, encuentre el hechizo que elimina la invisibilidad y lo pronuncie. Y todos juramos que a los primeros extranjeros que desembarcaran en esta isla (que llevaran con ellos a una gentil niña, quiero decir, porque si no la llevaban sería otra cosa) no los dejaríamos marchar con vida hasta que hubieran hecho lo que necesitábamos. Y por eso, caballeros, si vuestra niña no satisface nuestros requisitos, será nuestro doloroso deber rebanaros el cuello a todos. Simplemente por una cuestión de necesidad, como podría decirse, y sin querer ofenderos, desde luego.

—No veo vuestras armas —indicó Reepicheep—. ¿Son invisibles, también?

Apenas habían salido las palabras de su boca cuando oyeron un silbido y al cabo de un instante había una lanza clavada, temblando aún, en uno de los árboles situados a su espalda.

—Eso es una lanza, ya lo creo —dijo la voz principal.

—Desde luego, jefe, desde luego —dijeron sus compañeros—. No podrías haberlo dicho mejor.

—Y salió de mi mano —siguió la voz—. Se vuelven visibles cuando se separan de nosotros.

—Pero ¿por qué queréis que sea yo quien haga esto? —preguntó Lucy—. ¿Por qué no lo hace uno de los vuestros? ¿No tenéis ninguna niña?

—No nos atrevemos, no nos atrevemos —dijeron todas las voces—. No vamos a volver a subir.

—Es decir —intervino Caspian—, ¡estáis pidiendo a esta dama que se enfrente a un peligro que no os atrevéis a pedir que asuman vuestras hermanas e hijas!

—Eso es, eso es —respondieron alegremente todas las voces—. No podrías haberlo expresado mejor. Desde luego se ve que eres una persona con educación. Cualquiera puede darse cuenta.

—Vaya, es lo más vergonzoso que... —empezó Edmund, pero Lucy le interrumpió.

—¿Tendré que subir por la noche o puede hacerse de día?

—De día, de día, por supuesto —respondió la voz del jefe—. No de noche. Nadie te pedirá que hagas eso. ¿Subir de noche? ¡Uf!

—Muy bien, pues, lo haré —anunció la niña—. No —siguió, volviéndose hacia sus compañeros—, no intentéis detenerme. ¿No os dais cuenta de que no sirve de nada? No podemos pelear contra ellos. Y del otro modo existe una posibilidad.

—Pero ¡es un mago! —dijo Caspian.

—Lo sé. Pero podría no ser tan malo como dan a entender. ¿No tenéis la impresión de que esta gente no es muy valiente?

—Desde luego, lo que no son es muy listos —repuso Eustace.

—Oye, Lu —intervino Edmund—, realmente no podemos permitir que hagas algo así. Pregunta a Reep, estoy seguro de que dirá exactamente lo mismo.

—Pero es para salvar mi propia vida al igual que las vuestras —respondió ella—. Deseo tan poco que me hagan trocitos con espadas invisibles como cualquier otro.

—Su Majestad tiene razón —indicó Reepicheep—. Si tuviéramos alguna seguridad de poder salvarla peleando, nuestro deber estaría muy claro; pero me parece que no tenemos ninguna. Y el favor que se le solicita no es en absoluto contrario al honor de Su Majestad, sino una acción noble y heroica. Si a la reina su corazón la impele a arriesgarse con el mago, no diré nada en contra.

Puesto que nadie había visto nunca que el ratón le tuviera miedo a nada, éste podía decir aquello sin temor a sentirse incómodo. Pero los muchachos, que sí habían sentido miedo a menudo, enrojecieron violentamente. No obstante, aquello era tan sensato que tuvieron que ceder. Sonoras aclamaciones surgieron del invisible grupo cuando se les anunció la decisión tomada, y la voz principal —con el caluroso apoyo de todos los demás— invitó a los narnianos a cenar y a pasar la noche con ellos. Eustace no quería aceptar, pero Lucy dijo:

—Estoy segura de que no nos traicionarán. No son de esa clase en absoluto.

Y los demás estuvieron de acuerdo. Así pues, acompañados por el ensordecedor golpeteo —que aumentó de intensidad cuando llegaron al resonante patio de losas— todos regresaron a la casa.

CAPÍTULO 10

El libro del mago

La gente invisible agasajó a sus invitados espléndidamente, aunque resultaba muy gracioso ver cómo las bandejas y platos se dirigían a la mesa y no ver a nadie que los transportara. Habría sido divertido incluso de haberse movido en un plano horizontal con el suelo, como uno esperaría que hicieran las cosas transportadas por manos invisibles. Pero no lo hacían, y avanzaban por el largo comedor mediante una serie de botes o saltos. En el punto más alto de cada salto, un plato podía llegar a estar a casi cinco metros de altura; luego descendía y se detenía con bastante brusquedad aproximadamente a un metro del suelo. En los casos en que el plato contenía algo parecido a sopa o estofado, el resultado era bastante catastrófico.

—Empiezo a sentir bastante curiosidad respec-

to a esta gente —susurró Eustace a Edmund—.
¿Crees que son humanos? Yo diría que son algo
más bien parecido a grandes saltamontes o ranas
gigantes.

—Eso parece —respondió su primo—. Pero no
le metas a Lucy en la cabeza la idea de los saltamontes. No le gustan los insectos, especialmente
los grandes.

La comida habría resultado más agradable de
no haber sido tan sumamente chapucera, y también si la conversación no hubiera consistido sólo
un asentimientos. Los seres invisibles daban su
conformidad a todo. En realidad la mayoría de
sus comentarios era de esos que no era fácil reba-
tir: «Lo que siempre digo es: cuando un tipo tiene
hambre, nunca están de más unas viandas» o,
«Empieza a oscurecer, siempre sucede por la noche», o incluso, «Vaya, venís del otro lado del
agua. Un material muy húmedo, ¿no es cierto?».
Y Lucy no podía evitar echar miradas a la oscura
abertura situada al pie de la escalera —la veía
desde donde estaba sentada— y preguntarse qué
encontraría cuando ascendiera aquellos peldaños
a la mañana siguiente. Pero, a pesar de todo, fue
una buena comida, con crema de champiñones,
pollo hervido, jamón hervido, grosellas, reque-
són, crema, leche y aguamiel. A sus compañeros

les gustaba el aguamiel, pero Eustace lamentó luego haberla bebido.

Cuando Lucy despertó a la mañana siguiente fue como despertar el día de un examen o un día que tienes que ir al dentista. Era una mañana preciosa, con las abejas entrando y saliendo por la ventana abierta de su habitación y el césped del exterior idéntico al que uno encontraría en Gran Bretaña. Se levantó, se vistió e intentó hablar y comer como si nada durante el desayuno. Luego, tras recibir instrucciones de la voz principal sobre lo que debía hacer en el piso de arriba, se despidió de los demás, no dijo nada, fue hacia el pie de la escalera y empezó a subir sin mirar atrás ni una sola vez.

Había bastante luz, lo cual era bueno. En realidad había una ventana justo delante de ella en lo alto del primer rellano. Mientras permaneció en aquel tramo de escalera llegó hasta ella el *tic-tac*, *tic-tac* de un reloj de péndulo situado abajo, en el vestíbulo. Luego, llegó al rellano y tuvo que girar a la izquierda en el siguiente tramo de escalones; después de eso dejó de oír el reloj.

Una vez que alcanzó lo alto de la escalera, Lucy miró y vio un pasillo largo y ancho con una ventana enorme en el otro extremo. Al parecer el corredor discurría a lo largo de toda la casa, y estaba lleno de figuras cinceladas, revestido con paneles de madera y alfombrado. Tenía innumerables puertas a cada lado. Se quedó muy quieta y no oyó ni el chirriar de un ratón, ni el zumbido de una mosca, ni el balanceo de una cortina ni nada de nada: únicamente el latir de su propio corazón.

—La última puerta a la izquierda —se dijo en voz queda.

La prueba era todavía más difícil al tratarse de la última puerta, porque para llegar a ella tendría que pasar ante una habitación tras otra. Y en cualquiera de aquellas estancias podía estar el mago: dormido, despierto, invisible o incluso muerto. Pero de nada servía pensar en aquello, así que se puso en marcha. La alfombra era tan gruesa que sus pies no producían ruido alguno.

—No hay nada de lo que sentir miedo por el momento —se dijo.

Y desde luego se trataba de un pasillo silencioso e iluminado por el sol; tal vez demasiado silencioso. Habría sido más agradable de no haber habido símbolos pintados en color escarlata sobre las puertas; formas retorcidas y elaboradas que evidentemente poseían un significado que podía no ser muy agradable. También habría resultado más placentero sin las máscaras colgadas de la pared. No es que fueran precisamente feas —al menos no horrendas— pero las órbitas vacías te-

nían un aspecto misterioso, y si uno se dejaba llevar no tardaba en imaginar que las máscaras gesticulaban en cuanto se les volvía la espalda.

Después de la sexta puerta se llevó el primer susto propiamente dicho. Por un segundo tuvo casi la certeza de que un rostro menudo, perverso y barbudo, había surgido de repente de la pared y le había dedicado una mueca. Se obligó a detenerse y mirar, y descubrió que no era ningún rostro. Era un espejito justo del tamaño y la forma de su rostro, con cabello en la parte superior y una barba colgando de él, de modo que cuando uno se miraba en el espejo el rostro encajaba entre los cabellos y la barba y parecía como si le pertenecieran.

—Sencillamente he captado mi propio reflejo con el rabillo del ojo al pasar —se dijo Lucy—. Eso ha sido todo. No pasa nada.

Sin embargo, no le gustó el aspecto de su rostro con cabellos y barba, y siguió adelante. Debo reconocer que no sé para qué servía el Espejo Barbudo, porque no soy mago.

Antes de alcanzar la última puerta a su izquierda, Lucy empezaba ya a preguntarse si el pasillo no se habría alargado desde que iniciara la marcha y si aquello sería parte de la magia de la casa. Finalmente, no obstante, llegó hasta ella, y la encontró abierta.

Era una habitación enorme con tres ventanales, y las paredes cubiertas de libros desde el suelo hasta el techo; más libros de los que Lucy había visto nunca, libros diminutos, libros gordos y no tan gordos, y libros más grandes que cualquier Biblia de iglesia que hayas visto jamás, encuadernados en piel y con olor a viejo, a sabiduría y a magia. De todos modos, sabía, por las instrucciones recibidas, que no debía perder el tiempo con ninguno de aquellos. «El libro», el libro mágico, estaba colocado sobre un atril justo en el centro de la habitación. Comprendió que tendría que leerlo de pie —de todos modos no había sillas— y también que debería colocarse de espaldas a la puerta mientras lo hacía. Así que fue hacia ella al momento para cerrarla.

No hubo forma de hacerlo.

Algunas personas podrían no estar de acuerdo con Lucy respecto a eso, pero creo que tenía toda la razón. Declaró que no le habría importado permanecer allí si hubiera podido cerrar la puerta, pero que resultaba muy molesto estar de pie en un lugar como aquél con una puerta abierta a la espalda. Yo me habría sentido igual, pero no había otro remedio.

Una cosa que le preocupó mucho fue el tamaño del libro. La voz principal no había podido darle ninguna pista sobre en qué parte del libro aparecía el hechizo para hacer visibles las cosas, e incluso pareció sorprenderlo que se lo preguntara. Esperaba que empezara por el principio y fuera siguiendo hasta encontrarlo; era evidente que jamás se le había ocurrido que existían otros modos de localizar una cosa en un libro.

—Pero ¡puedo tardar días, semanas! —protestó Lucy, contemplando el enorme volumen—. Y ya tengo la impresión de que llevo horas en este lugar.

Fue hasta el atril y posó la mano sobre el libro; sintió un hormigueo en los dedos al tocarlo como si estuviera electrificado. Intentó abrirlo pero al principio no pudo; aunque eso se debió tan sólo a que estaba sellado mediante dos cierres de plomo, y en cuanto los desabrochó se abrió sin problemas. ¡Era un libro sorprendente!

Estaba escrito a mano, no impreso; escrito con letra clara y uniforme, con gruesos trazos descendentes y finos trazos ascendentes, muy grande y más fácil de leer que la letra impresa, y tan hermosa que Lucy la contempló con fijeza durante todo un minuto y se olvidó de leer. El papel era tieso y liso y despedía un aroma agradable; y en los márgenes, y alrededor de las enormes letras mayúsculas de colores del principio de cada hechizo, había dibujos.

No había portada ni título; los hechizos empezaban directamente, y los primeros eran poco impor-
tantes. Había remedios para las verrugas —bañan-
do las manos a la luz de la luna en una jofaina de
plata—, el dolor de muelas y de barriga, y un hechizo para capturar un enjambre de abejas. El dibujo
del hombre con dolor de muelas era tan realista que
habría provocado dolor de muelas a cualquiera que
lo mirara durante mucho tiempo y, por un momento, las abejas doradas colocadas alrededor del cuarto hechizo parecieron volar de verdad.

A Lucy le costó una barbaridad pasar de aquella primera página, pero cuando la volvió, la si-

guiente resultó igual de interesante. «Pero debo seguir adelante», pensó. Y así lo hizo durante unas treinta páginas que, si las hubiera recordado, le habrían enseñado a encontrar tesoros enterrados, a recordar cosas olvidadas, a olvidar cosas que uno quería olvidar, a saber si alguien decía la verdad, a invocar o evitar, vientos, niebla, nieve, granizo o lluvia, a adormecer a alguien mágicamente y a dar a alguien una cabeza de asno (como le sucedió al pobre Bottom, en *El sueño de una noche de verano*). Y cuanto más leía, más maravillosos y reales se volvían los dibujos.

Entonces llegó a una página que mostraba tal esplendor de imágenes que apenas se advertía lo que había escrito. Apenas... pero sí que vio las primeras frases. Éstas decían: «Hechizo infalible para convertir en hermosa a aquella que lo pronuncie, más hermosa que el común de los mortales». Lucy miró con atención los dibujos con el rostro muy pegado a la página, y si bien al principio habían parecido amontonados y confusos, descubrió que entonces podía distinguirlos con toda claridad. El primer dibujo era el de una niña de pie ante un atril leyendo un libro enorme. Y la pequeña iba vestida exactamente igual que Lucy; en el dibujo siguiente Lucy (pues la niña de la ilustración era Lucy) estaba de pie con la boca abierta y una expresión más bien terrible en el rostro, entonando o recitando algo. En el tercer dibujo la belleza superior al común de los mortales había llegado a ella. Resultaba extraño, si se tenía en cuenta lo pequeñas que habían parecido las ilustraciones al principio, que la Lucy del dibujo pareciera entonces casi tan grande como la Lucy real; y se miraron mutuamente a los ojos y la Lucy auténtica desvió la mirada al cabo de unos minutos porque se sentía deslumbrada ante la belleza de la otra Lucy; aunque todavía distinguía un cierto parecido consigo misma en aquel rostro tan hermoso. Y entonces los dibujos se amontonaron en tropel sobre ella. Se vio ocupando un trono en un torneo en Calormen y todos los reyes del mundo combatían debido a su belleza. Después de aquello se pasó de los torneos a guerras auténticas, y toda Narnia, Archenland, Telmar y Calormen, Galma y Terebinthia quedaron devastadas por la furia de los reyes, duques y grandes lores que peleaban por su favor. Luego cambió y Lucy, más hermosa aún que el común de los mortales, estaba de vuelta en Gran Bretaña. Y Susan —que siempre había sido la guapa de la familia— regresaba a casa desde América. La Susan del dibujo era exactamente igual a la Susan real, sólo que más fea y con una expresión maliciosa. Y

Susan estaba celosa de la belleza deslumbrante de Lucy, pero eso no importaba en absoluto, porque entonces nadie le prestaba atención a Susan.

—Pronunciaré el hechizo —dijo Lucy—. No me importa. Lo haré.

Dijo «no me importa» porque tenía una fuerte sensación de que no debía hacerlo.

Pero cuando volvió a mirar las palabras iniciales del hechizo, allí entre de las letras, donde estaba más que segura de que no había ningún dibujo antes, encontró el rostro enorme de un león, el León, el mismo Aslan, que la contemplaba con fijeza. Estaba pintado de un dorado tan brillante que parecía ir hacia ella desde la página; y, a decir verdad, más tarde no pudo asegurar que no se hubiera movido un poco. En cualquier caso conocía muy bien la expresión de su rostro. Gruñía y se distinguían casi todos sus dientes. La pequeña se asustó terriblemente y volvió la página al momento.

Algo después llegó a un hechizo que te permitía saber lo que tus amigos pensaban de ti. Puesto que había deseado ardientemente probar el otro hechizo, el que concedía una belleza superior al común de los mortales, sintió que, para compensar no haberlo pronunciado, tenía que pronunciar aquél. Y a toda prisa, por temor a cambiar de opinión, dijo las palabras (nada podrá inducirme a decir cuáles eran). Luego aguardó a que sucediera algo.

Como no sucedió nada empezó a contemplar los dibujos. Y al instante vio lo último que habría esperado ver: una imagen de un vagón de tercera clase de un tren, con dos colegialas sentadas en él. Las reconoció en seguida. Eran Marjorie Preston y Anne Featherstone. Sólo que entonces era más que una imagen. Estaba viva, pues vio como los postes de telégrafo pasaban veloces al otro lado de la ventanilla. Luego, poco a poco, igual que cuando se empieza a sintonizar la radio, pudo oír lo que hablaban.

—¿Nos veremos este trimestre? —preguntó Anne—, ¿o seguirás pasando todo el día pegada a Lucy Pevensie?

—No sé qué quieres decir con «pegada» —respondió Marjorie.

—Claro que lo sabes —replicó la otra—. El trimestre pasado sólo ibas detrás de ella.

—No es verdad. No soy un perrito faldero. Además, no es mala chica; pero empezaba a estar bastante harta de ella antes de que terminara el trimestre.

—Pues ¡te aseguro que eso no volverá a sucederte! —gritó Lucy—. ¡Eres una estúpida y una falsa!

Pero el sonido de su propia voz le recordó al momento que le hablaba a un dibujo y que la auténtica Marjorie se encontraba muy lejos, en otro mundo.

—Vaya —se dijo Lucy—, pensaba que era mi mejor amiga. E hice toda clase de cosas por ella el trimestre pasado, y me mantuve a su lado cuando no muchas niñas lo habrían hecho. Y, además, lo sabe. ¡Y decírselo precisamente a Anne Featherstone! ¿Es que todas mis amigas son así? Hay muchos otros dibujos. No, no pienso mirar nada más. No pienso hacerlo, no pienso hacerlo... —Y con un gran esfuerzo pasó la página, pero no antes de que una lágrima enorme y furiosa fuera a caer sobre ella.

En la página siguiente encontró un hechizo «para el consuelo del espíritu». Los dibujos eran más escasos, pero muy hermosos. Y lo que Lucy empezó a leer era más parecido a una historia que a un conjuro. Siguió durante tres páginas y antes de que llegara al final de la página ya había olvidado que estaba leyendo. Vivía la historia como si fuera real, y todas las imágenes lo fueran también. Cuando llegó a la tercera página y al final, dijo:

—Es la historia más preciosa que he leído jamás y que leeré en toda mi vida. ¡Cómo desearía haber seguido leyéndola durante diez años! Al menos la volveré a leer.

Pero aquí parte de la magia del libro entró en acción. No se podía volver atrás. Las páginas del lado derecho, las que iban hacia delante, se podían girar; las del lado izquierdo no.

—¡Qué lástima! —exclamó Lucy—. Con las ganas que tenía de volver a leerla. Bueno, al menos voy a recordarla. Veamos... trataba de... de... cielos, se está desvaneciendo otra vez. E incluso esta última página se está borrando. Éste es un libro muy extraño. ¿Cómo puedo haberlo olvidado? Hablaba de una copa y una espada y un árbol y una colina verde, eso lo sé. Pero no me acuerdo de nada más, ¿qué voy a hacer?

Jamás pudo recordarla; y desde aquel día, Lucy describe las buenas historias como relatos que le recuerdan la historia olvidada del libro del mago.

Siguió adelante, y con gran sorpresa encontró una página sin dibujos; pero las primeras palabras eran «Hechizo para hacer visibles cosas ocultas». Lo leyó hasta el final para asegurarse de todas las palabras difíciles y luego lo pronunció en voz alta. Supo inmediatamente que funcionaba porque mientras hablaba, aparecieron los colores de las palabras en mayúscula de la parte superior de la página y empezaron a surgir dibujos en los márgenes. Fue como cuando uno acerca al fuego algo escrito con tinta invisible y la escritura empieza a manifestarse; sólo que en lugar del color sucio de zumo de limón —que es la tinta invisible más fácil de hacer— aquél era dorado, azul y escarlata. Eran dibujos curiosos que contenían muchas figuras que a Lucy no le gustó demasiado contemplar. Y a continuación pensó: «Supongo que lo he vuelto todo visible, y no sólo a los Aporreadores. Sin duda existe gran cantidad de cosas invisibles en un lugar como éste y no estoy muy segura de querer verlas todas».

En aquel momento oyó unas pisadas sordas y pesadas que se acercaban por el corredor a su espalda; y, claro está, recordó lo que le habían dicho sobre que el mago andaba descalzo y no hacía más ruido que un gato. Siempre es mejor darse la vuelta que tener algo aproximándose furtivamente por detrás. Lucy lo hizo.

Entonces el rostro se le iluminó hasta que, por un momento (aunque desde luego ella no lo supo), se volvió casi tan hermosa como la otra Lucy del dibujo, y corrió al frente con un gritito de alegría y con los brazos extendidos. Pues quien había en el umbral no era otro que Aslan en persona, el León, el más poderoso de todos los Sumos Monarcas; y era de carne y hueso, real y cálido, y permitió que la niña lo besara y se enredara en su melena reluciente. Y a juzgar por el sonido ronco, parecido a un terremoto, que surgió de su interior, Lucy incluso se atrevió a pensar que ronroneaba.

—Aslan —dijo—, qué amable has sido al venir.

—He estado aquí siempre, pero acabas de hacerme visible.

—¡Aslan! —exclamó ella casi con un cierto tono de reproche—. No te burles de mí. ¡Como si algo que yo pudiera hacer consiguiera volverte visible!

—Lo hizo —respondió el león—. ¿Crees que yo no obedecería mis propias normas?

Tras una corta pausa, el león volvió a hablar, diciendo:

—Niña, creo que has escuchado a escondidas.

—¿Escuchado a escondidas?

—Escuchaste lo que tus dos compañeras de colegio decían de ti.

—¿Eso? Jamás se me ocurrió que fuera escuchar a escondidas, Aslan. ¿No era magia?

—Espiar a la gente mediante la magia es lo mismo que espiar de cualquier otro modo. Y has juzgado mal a tu amiga. Es una persona débil, pero te aprecia. Temía a la niña de más edad y dijo lo que en realidad no piensa.

—No creo que pueda olvidar jamás lo que le oí decir.

—No, no lo harás.

—Cielos —dijo Lucy—. ¿Lo he estropeado todo? ¿Quieres decir que habríamos seguido siendo amigas si no hubiera sido por esto...? ¿Que habíamos sido realmente buenas amigas... toda nuestra vida..., y que ahora ya no lo seremos nunca?

—Pequeña —respondió Aslan—, ¿no te expliqué en una ocasión que a uno jamás se le cuenta lo que «habría sucedido»?

—Sí, Aslan. Lo siento. Pero, por favor...

—Habla, querida mía.

—¿Podré volver a leer alguna vez aquella historia, la que no pude recordar? Dime que sí, Aslan, por favor. O mejor, ¡cuéntamela tú!

—Claro que sí, te la contaré durante años y años. Pero ahora, ven. Debemos saludar al dueño de esta casa.

CAPÍTULO 11

Los Farfapodos

vuelven a ser felices

Lucy siguió al enorme león al pasillo y al instante vio ir hacia ellos a un anciano, descalzo, vestido con una túnica roja. Una guirnalda de hojas de roble coronaba su melena blanca, la barba le caía hasta el cinto y se apoyaba en un bastón curiosamente tallado. Al ver a Aslan le dedicó una profunda reverencia y dijo.

—Bienvenido, señor, a la más humilde de vuestras casas.

—Coriakin, ¿empiezas a cansarte de gobernar a súbditos tan necios como los que te he dado aquí?

—No —respondió el mago—, cierto es que son necios, pero no son malos. Más bien empiezo a tomarles cariño. En ocasiones, tal vez, me muestro un poco impaciente, aguardando el día en que sea posible gobernarlos mediante la sensatez, en lugar de esta tosca magia.

—Todo a su tiempo, Coriakin —dijo Aslan.

—Sí, todo a su tiempo, señor —fue la respuesta—. ¿Tenéis intención de mostraros a ellos?

—No —respondió el león, con un medio gruñido que venía a ser una carcajada, pensó Lucy—, se volverían locos de miedo. Muchas estrellas envejecerán e irán a descansar a islas antes de que tu gente esté preparada para eso. Y hoy, antes de la puesta del sol, debo visitar al enano Trumpkin, que se halla en el castillo de Cair Paravel contando los días hasta que su señor Caspian regrese a casa. Le contaré toda vuestra historia, Lucy. Vamos, no pongas esa cara tan triste. Volveremos a vernos pronto.

—Por favor, Aslan —dijo ella—, ¿a qué llamas «pronto»?

—A todo le llamo pronto —respondió él; y se desvaneció al instante y Lucy se quedó a solas con el mago.

—¡Se ha ido! —exclamó el anciano—. Y tú y yo aquí tan desconcertados. Siempre sucede lo mismo, no hay manera de conseguir que se quede; no es lo mismo que si fuera un león domesticado. ¿Te ha gustado mi libro?

—Algunas partes me han gustado muchísimo —respondió Lucy—. ¿Sabías que yo estaba allí desde el principio?

—Bueno, lo cierto es que cuando permití que los Farfallones se hicieran invisibles sabía que tú acabarías apareciendo para suprimir el hechizo. No estaba muy seguro del día exacto. Y no estaba especialmente alerta esta mañana. Ellos me hicieron invisible también a mí y ser invisible siempre me da mucho sueño. ¡Uf! Ya está, ya vuelvo a bostezar. ¿Tienes hambre?

—Bueno, tal vez un poco. No tengo ni idea de qué hora es.

—Ven —indicó el mago—. Siempre es pronto para Aslan; pero en mi casa, cuando tengo hambre, siempre es la una en punto.

La condujo un corto trecho, pasillo abajo, y abrió una puerta. Al cruzar el umbral, Lucy se encontró en una habitación muy agradable inundada por la luz del sol y repleta de flores. La mesa estaba vacía cuando entraron, pero desde luego se trataba de una mesa mágica, y, a una palabra del anciano, aparecieron mantel, cubertería de plata, platos, copas y comida.

—Espero que te guste —dijo él—. He intentado ofrecerte comida parecida a la de tu tierra, más que la que tal vez hayas comido últimamente.

—Es deliciosa —declaró Lucy.

Y lo era: una tortilla bien calentita, fiambre de cordero con guisantes, helado de fresa, limonada para beber con la comida y una taza de chocolate para finalizar. Sin embargo, el mago no bebió más que vino y sólo comió pan. No había nada alarmante en el anciano, y Lucy y él no tardaron en conversar como si fueran viejos amigos.

—¿Cuándo funcionará el hechizo? —preguntó Lucy—. ¿Volverán a ser visibles los Farfallones de inmediato?

—Ya lo creo, ahora ya son visibles. Pero probablemente sigan dormidos; siempre se echan una siesta al mediodía.

—Y ahora que son visibles, ¿dejarás que sigan siendo feos? ¿Harás que vuelvan a ser como eran antes?

—Bueno, ésa es una cuestión más bien delicada —respondió el mago—. Verás, son «ellos» los que piensan que antes tenían un aspecto más agraciado. Dicen que los han afeado, pero no es así como yo lo llamaría. Muchos dirían que el cambio fue para mejorar.

—¿Son terriblemente vanidosos?

—Ya lo creo. O por lo menos el Jefe Farfallón lo es, y ha enseñado al resto a serlo. Siempre creen todo lo que les dice.

—Ya nos hemos dado cuenta —respondió Lucy.

—Sí; nos iría mejor sin él, en cierto modo. Desde luego podría transformarlo en otra cosa, o incluso lanzarle un hechizo que hiciera que los otros no creyeran ni una palabra de lo que les dijera. Pero no me gusta hacer eso. Es mejor para ellos admirarlo a él que no admirar a nadie.

—¿No te admiran a ti? —preguntó Lucy.

—No, ¡a mí, no!, desde luego —respondió el mago—. No me admirarían a mí.

—Y ¿por qué los afeaste? Me refiero a lo que ellos llaman «afear»...

—Pues porque no querían hacer lo que se les decía. Su trabajo es cuidar del jardín y cultivar comida; no para mí, como se imaginan, sino para ellos mismos. Sin embargo, no lo harían si no los obligara a ello. Y desde luego, en un jardín necesitas agua. Hay un manantial precioso a menos de un kilómetro colina arriba, y de ese manantial fluye un arroyo que pasa justo junto al jardín. Todo lo que les pedí fue que tomaran el agua del arroyo en lugar de efectuar esa penosa ascensión hasta el manantial con los cubos dos o tres veces al día y agotarse, además de derramar la mitad en el camino de vuelta. Pero no hubo forma de que lo comprendieran, y al final se negaron rotundamente.

—¿Tan estúpidos son? —inquirió Lucy.

—No creerías los problemas que he tenido con ellos —respondió él con un suspiro—. Hace unos cuantos meses estaban a favor de lavar los platos y los cuchillos antes de cenar: decían que les ahorraba tiempo luego. Los he pescado plantando patatas hervidas para ahorrarse tener que cocerlas cuando las desenterraran. Un día el gato se metió en la lechería y veinte de ellos se dedicaron a sacar toda la leche; a nadie se le ocurrió sacar al gato. Pero veo que has terminado. Vayamos a contemplar a los Farfallones ahora que son visibles.

Pasaron a otra habitación que estaba llena de instrumentos pulimentados difíciles de comprender —como astrolabios, planetarios, cronoscopios, poesímetros, coriambos y teodolindos— y allí, una vez que se hubieron acercado a la ventana, el mago anunció:

—Ahí. Ahí están tus Farfallones.

—No veo a nadie —dijo Lucy—. Pero ¿qué son esa especie de hongos?

Las cosas que señaló estaban desperdigadas por todo el césped y realmente tenían un gran parecido con los hongos, pero eran demasiado grandes, con los tallos de casi un metro de altura y las sombrillas casi de la misma longitud de un borde al otro. Cuando miró con más detenimiento advirtió, también, que los tallos se unían a las sombrillas no en el centro sino en un lado, lo que les proporcionaba un aspecto desequilibrado. Y había algo —una especie de bulto pequeño— en la hierba al pie de cada tallo. A decir verdad, cuanto más los contemplaba, menos se parecían a las setas, pues la parte de la sombrilla no era realmente redonda como había creído al principio. Era más larga que ancha, y se ensanchaba en un extremo. Había muchas de aquellas cosas, cincuenta o más.

El reloj dio las tres.

Al instante tuvo lugar un suceso de lo más extraordinario. Cada una de las «setas» se dio la vuelta de repente, y los bultitos que habían estado al pie de los tallos resultaron ser cabezas y cuerpos. Los mismos tallos resultaron ser piernas; pero no dos piernas para cada cuerpo. Cada cuerpo poseía una única y gruesa pierna en el centro del tronco (no a un lado como en un hombre cojo) y al final de ésta, un único y enorme pie: un pie de planta ancha con la punta un poco vuelta hacia

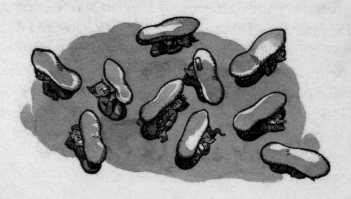

arriba de modo que parecía una canoa pequeña. Comprendió al momento por qué le habían parecido setas; estaban tumbados de espaldas con la única pierna estirada en alto y el enorme pie extendido por encima de ella. Más tarde, averiguó que aquél era el modo en el que acostumbraban a descansar; el pie los resguardaba a la vez de la lluvia y el sol, y para un Monópodo yacer bajo su propio pie resulta casi tan satisfactorio como estar dentro de una tienda.

—¡Qué graciosos, qué graciosos! —chilló Lucy, rompiendo a reír—. ¿Lo convertiste en eso?

—Sí, sí. Convertí a los Farfallones en Monópodos —respondió el mago, echándose a reír de tal modo que las lágrimas le corrían por las mejillas—. Pero observa... —añadió.

Valió la pena. Desde luego aquellos hombrecillos de un solo pie no podían andar ni correr como nosotros, sino que se movían a saltos, como las pulgas o las ranas. Y ¡vaya saltos los que daban! Era como si cada pie enorme fuera un resorte. Y ¡cómo rebotaban al descender!; era aquello lo que producía el sonido de golpes que tanto había desconcertado a Lucy el día anterior. En aquellos momentos, los hombrecillos saltaban en todas direcciones y se chillaban unos a otros:

—¡Eh, chicos! Volvemos a ser visibles.

—Sí que somos visibles —dijo uno que llevaba una gorra roja adornada con una borla, que evidentemente era el Jefe Monópodo—. Y lo que yo digo es que, cuando los seres son visibles, pues se pueden ver unos a otros.

—Eso es, eso es, jefe —gritaron los demás—. Eso es lo que cuenta. Nadie tiene una mente más lúcida que la tuya. No podrías haberlo dejado más claro.

—Pescó al viejo echando una siesta, esa niñita —siguió el Jefe Monópodo—. Esta vez le hemos ganado.

—Exactamente lo que íbamos a decir nosotros —terció el coro—. Te muestras más fuerte que nunca, jefe. Mantente así, mantente así.

—Pero ¿se atreven a hablar de ti de ese modo? —dijo Lucy—. Ayer parecían tenerte muchísimo miedo. ¿No saben que podrías estar escuchando?

—Ésa es una de las cosas curiosas respecto a los Farfallones —indicó el mago—. Un momento están hablando como si yo lo gobernara todo y lo oyera todo y fuera sumamente peligroso, y al siguiente creen que pueden engañarme con trucos que no engañarían ni a un niño de pecho... ¡Santo cielo!

—¿Habrá que devolverlos a su aspecto auténtico? —inquirió Lucy—. Cómo desearía que no fuera cruel dejarlos tal como están. ¿Realmente les importa mucho? Parecen muy felices. Quiero decir... mira ese salto. ¿Cómo eran antes?

—Enanos corrientes —respondió él—. Ni por asomo tan agradables como los que tenéis en Narnia.

—Sería una auténtica lástima volverlos a su forma anterior —declaró la niña—. Son tan divertidos: y resultan muy lindos. ¿Crees que cambiaría algo si les dijera eso?

—Estoy seguro de que sí... si consiguieras meterles esa idea en la cabeza.

—¿Vendrás conmigo a intentarlo?

—No, no. Te irá mucho mejor sin mí.

—Muchísimas gracias por el almuerzo —dijo Lucy y se alejó a toda prisa.

Descendió corriendo la escalera por la que había subido tan nerviosa aquella mañana y chocó contra Edmund al pie de ella. Todos sus compañeros estaban allí con él, aguardando, y a Lucy le remordió la conciencia contemplar sus rostros inquietos y darse cuenta de que se había olvidado de ellos durante mucho tiempo.

—Todo va bien —gritó—. Todo va de maravilla. El mago es un buen tipo... Y he visto... a Aslan.

Después se alejó de ellos como una ventolera y salió al jardín. Allí la tierra se estremecía con los saltos, y el aire resonaba con los gritos de los Monópodos. Ambas cosas se redoblaron cuando la divisaron.

—Aquí viene, aquí viene —chillaron—. ¡Tres hurras por la pequeña! ¡Vaya! Engañó bien al anciano caballero, no hay duda.

—Y lamentamos en el alma —dijo el Jefe Monópodo— no poder ofrecerte el placer de vernos como éramos antes de ser afeados, pues no podrías creer la diferencia que existe, y ésa es la verdad, pues no se puede negar que somos mortalmente feos ahora, así que no te engañamos.

—Vaya, sí que lo somos, jefe, sí que lo somos —repitieron los demás, dando botes como si fueran globos de juguete—. Tú lo has dicho, tú lo has dicho.

—Pero yo no creo que seáis feos —indicó Lucy, gritando para hacerse oír—. Creo que tenéis un aspecto muy lindo.

—Bien dicho, bien dicho —dijeron ellos—. Muy cierto por tu parte, señorita. Tenemos un aspecto muy lindo. No encontrarías un grupo más apuesto.

Lo dijeron sin la menor sorpresa y no parecieron darse cuenta de que habían cambiado de idea.

—Ella se refería a lo lindos que éramos antes de ser afeados —comentó el Jefe Monópodo.

—Cierto, jefe, cierto —salmodiaron ellos—. Eso es a lo que se refería. La hemos oído.

—¡No es cierto! —berreó Lucy—. He dicho que sois muy lindos ahora.

—Eso ha dicho, eso ha dicho —repuso su jefe—, ha dicho que éramos muy lindos entonces.

—Escuchad a ambos, escuchadlos —dijeron los Monópodos—. ¡Qué buena pareja! Siempre en lo cierto. No podrían haberlo expresado mejor.

—Pero si decimos justo lo contrario —protestó ella, golpeando el suelo con el pie, impaciente.

—Claro que sí, sin duda, claro que sí —replicaron ellos—. Nada como un contrario. Seguid así, los dos.

—Sois capaces de volver loco a cualquiera —declaró Lucy, y se dio por vencida.

Sin embargo, los Monópodos parecían muy satisfechos, y decidió que, a grandes rasgos, la conversación había sido un éxito.

Y antes de que todos se acostaran, aquella noche sucedió algo que los hizo sentir aún más satisfechos con su condición de seres de una sola pierna. Caspian y sus compañeros regresaron en cuanto les fue posible a la playa para informar a Rhince y a los que habían quedado a bordo del *Viajero del Alba*, que se sentían ya muy inquietos. Y, desde luego, los Monópodos los acompañaron, saltando como pelotas de fútbol y dándose la razón mutuamente a grandes gritos hasta que Eustace dijo:

—Ojalá el mago los convirtiera en inaudibles en lugar de invisibles.

Claro que no tardó en lamentar haber hablado porque entonces tuvo que explicar que algo inaudible es una cosa que no se puede oír, y si bien se tomó muchas molestias jamás estuvo seguro de que los Monópodos lo hubieran comprendido realmente, y lo que le molestó especialmente fue que ellos dijeran al final:

—¿Veis? No puede expresar las cosas como nuestro jefe. Pero aprenderás, jovencito. Escúchale con atención. Te enseñará a expresarte. ¡Es un orador magnífico!

Cuando llegaron a la bahía, Reepicheep tuvo una idea genial. Hizo que bajaran al agua su barquilla de cuero y mimbre y remó en ella de un lado a otro hasta despertar el total interés de los Monópodos. Luego se irguió en ella y anunció:

—Respetables e inteligentes Monópodos, vosotros no tenéis necesidad de botes. Cada uno posee un pie que puede prestarle ese servicio. Saltad tan suavemente como podáis sobre el agua y veamos qué sucede.

El Jefe Monópodo vaciló y advirtió a sus compañeros que descubrirían que el agua estaba poderosamente húmeda, pero uno o dos de los más jóvenes lo probaron casi al instante; y luego unos pocos más siguieron su ejemplo, y finalmente todo el grupo lo hizo. Funcionó a la perfección. El enorme pie único de aquellas criaturas actuaba como balsa o bote natural, y una vez que Reepicheep les hubo enseñado a fabricarse burdos remos, todos se dedicaron a remar por la bahía y alrededor del *Viajero del Alba*, como si fueran una flota de canoas pequeñas con un enano gordo de pie en el extremo de popa de cada una. Y celebraron carreras, y desde el barco les bajaron botellas de vino a modo de premios, y los marineros se inclinaron sobre la borda del barco y rieron hasta que les dolieron los costados.

Los Farfallones se mostraron también muy contentos con su nuevo nombre de Monópodos, que les parecía un nombre magnífico aunque jamás consiguieron pronunciarlo correctamente.

—Eso es lo que somos —tronaron—. *Pomonodos*, *Podimonos*. Justo el nombre que teníamos en la punta de la lengua.

De todos modos, no tardaron en hacerse un lío entre aquél y su antiguo nombre de Farfallones y finalmente optaron por llamarse a sí mismos Farfapodos; y así es como probablemente los llamarán durante siglos.

Aquella noche todos los narnianos cenaron arriba con el mago, y Lucy advirtió lo distinto que todo aquel piso parecía entonces, pues ya no le producía miedo. Los símbolos misteriosos de las puertas seguían siendo misteriosos pero parecía que poseyeran significados amables y alegres, e incluso el espejo barbudo resultaba entonces más divertido que aterrador. Durante la cena cada uno comió, mediante la magia, lo que más le gustaba comer y beber, y tras la cena el mago realizó un hechizo muy útil y hermoso. Colocó dos trozos de pergamino en blanco sobre la mesa y pidió a Drinian que le relatara con exactitud su viaje hasta aquel momento: y mientras el capitán hablaba, todo lo que describía aparecía en el pergamino en forma de líneas elegantes y nítidas hasta que al final cada hoja fue un espléndido mapa del Océano Oriental, que mostraba Galma, Terebinthia, las Siete Islas, las Islas Solitarias, la Isla del Dragón, la Isla Quemada, la Isla del Agua Letal y el País de los Farfallones, todo exactamente del tamaño correcto y en su sitio exacto. Fueron los primeros mapas que se dibujaron jamás de aquellos mares, y mejores que muchos que se han realizado más tarde sin la ayuda de la magia. Pues, aunque las ciudades y montañas dibujadas en ellos parecían al principio iguales a las que aparecerían en un mapa corriente, cuando el mago les entregó una lente de aumento pudieron comprobar que se trataba de pequeños dibujos perfectos del lugar real, de modo que se podía ver el castillo, el mercado de esclavos y las calles en Puerto Angosto, todo con suma claridad aunque muy lejano, como las cosas al mirarlas por el lado equivocado de un telescopio. El único inconveniente era que la línea de la costa de la mayoría de las islas estaba incompleta, ya que el mapa mostraba únicamente lo que Drinian había visto con sus propios ojos.

Cuando terminaron, el mago se quedó con un mapa y regaló el otro a Caspian: éste todavía sigue colgado en la Sala de los Instrumentos de Cair Paravel. Pero el mago no pudo decirles nada sobre mares o tierras situados más al este, aunque sí les contó que unos siete años antes un barco de Narnia había atracado en sus aguas y que llevaba a bordo a los lores Revilian, Argoz, Mavramorn y Rhoop: de modo que decidieron que el hombre de oro que habían visto en la Isla del Agua Letal era, sin duda, lord Restimar.

Al día siguiente, el mago reparó mágicamente las partes de la popa del *Viajero del Alba* que había dañado la serpiente marina y cargó la nave con regalos útiles. La despedida fue de lo más cariñosa, y cuando zarparon, dos horas después del mediodía, todos los Farfapodos acompañaron al barco remando hasta la entrada del puerto, y lo despidieron con aclamaciones hasta que ya no se oían sus gritos.

CAPÍTULO 12

La Isla Oscura

Tras aquella aventura siguieron navegando hacia el sur y un poco al este durante doce días con viento moderado, el cielo despejado la mayor parte del tiempo y un tiempo cálido, y no vieron ni aves ni peces, a excepción de una ocasión en la que avistaron ballenas que lanzaban chorros de agua al aire a lo lejos, desde estribor. Lucy y Reepicheep jugaron innumerables partidas de ajedrez durante aquellos días. Luego, en el día decimotercero, Edmund, desde la cofa, divisó lo que parecía una enorme y oscura montaña alzándose del mar por babor.

Cambiaron de rumbo y se dirigieron hacia aquella tierra, principalmente a remo, ya que el viento no les era útil para navegar al nordeste. Al caer la tarde se encontraban todavía a una distancia considerable, así que tuvieron que remar toda la noche. A la mañana siguiente el tiempo era bueno pero prevalecía una calma total. La oscura masa se encontraba al frente, mucho más cercana y grande, pero todavía muy borrosa, de modo

que algunos pensaron que seguía estando muy lejos y otros que se introducían en un banco de niebla.

Alrededor de las nueve de aquella mañana, de un modo repentino, estaba ya tan cerca que se dieron cuenta de que no se trataba de tierra, ni tampoco de una niebla normal y corriente. Era una Oscuridad. Resultaba bastante difícil de describir, pero sabrás cómo era si te imaginas mirando el interior de la boca de un túnel; un túnel tan largo o tortuoso que no se puede distinguir la luz en el otro extremo.

Así sabes qué aspecto tenía. Si anduvieses por ese túnel, durante un corto trecho podrías ver los raíles, las traviesas y la gravilla a plena luz del día; luego llegaría un punto en el que estarían en penumbra; y entonces, de un modo repentino, pero sin una línea divisoria definida, desaparecerían totalmente en una negrura uniforme y compacta. Lo mismo sucedía allí. Durante una corta distancia por delante de la proa podían ver el oleaje de las brillantes aguas azul verdoso. Más allá, veían como las aguas aparecían descoloridas y grises como lo harían entrada la tarde; pero un poco más lejos, todo era una negrura total como si hubieran llegado al borde de una noche sin luna ni estrellas.

Caspian gritó al contramaestre que mantuviera la nave apartada de aquello, y todos excepto los remeros se abalanzaron al frente y miraron desde la proa. Pero no había nada que ver. A su espalda estaba el mar y el sol; ante ellos, la Oscuridad.

—¿Vamos a entrar aquí? —inquirió Caspian finalmente.

—Yo no os lo aconsejaría —respondió Drinian.

—El capitán tiene razón —dijeron varios marineros.

—Creo que opino lo mismo —indicó Edmund.

Lucy y Eustace no dijeron nada, pero se sintieron muy satisfechos por el giro que parecían tomar los acontecimientos. De repente la voz clara de Reepicheep se abrió paso en medio del silencio.

—Y ¿por qué no? —dijo—. ¿Quiere explicarme alguien por qué no?

Nadie tenía ganas de discutir, de modo que el ratón continuó:

—Si me dirigiera a campesinos o esclavos —manifestó—, podría suponer que esta sugerencia estaba movida por la cobardía. Pero espero que jamás se diga en Narnia que una tripulación de personas nobles y reales en la flor de la edad pusieron pies en polvorosa porque les asustaba la oscuridad.

—Pero ¿de qué serviría abrirse camino por entre esa oscuridad? —inquirió Drinian.

—¿Servir? —replicó Reepicheep—. ¿Servir, capitán? Si al decir servir os referís a llenar nuestros estómagos o nuestras bolsas, confieso que no servirá de nada. Por lo que yo sé no salimos a navegar en busca de cosas que pudieran servir sino en busca de honor y aventuras. Y aquí tenemos una aventura tan grande como jamás se haya oído contar, y también, si damos la vuelta, un gran motivo de censura a nuestro honor.

Varios marineros mascullaron por lo bajo cosas que sonaron algo así como: «Al cuerno con el honor», pero Caspian dijo:

—Vaya, maldito seas, Reepicheep. Ojalá te hubiera dejado en casa. ¡De acuerdo! Si lo expresas de ese modo, supongo que tendremos que seguir adelante. A menos que Lucy prefiera no hacerlo...

Desde luego, Lucy habría preferido no hacerlo, pero lo que dijo en voz alta fue:

—Por mí, adelante.

—Su Majestad ordenará encender luces al menos, ¿verdad? —dijo Drinian.

—Por supuesto —respondió Caspian—. Ocupaos de ello, capitán.

Así pues, se encendieron los tres fanales, en la popa, la proa y la punta del mástil, y Drinian ordenó encender dos antorchas en medio del barco. Las luces resultaban pálidas y débiles bajo los rayos del sol. Entonces a todos los hombres, excepto a algunos que se quedaron abajo con los remos, se les ordenó subir a cubierta, armados de la cabeza a los pies y se los ubicó en sus puestos de combate con las espadas desenvainadas. A Lucy, junto con dos arqueros, la enviaron a la cofa militar con los arcos tensados y flechas listas para ser disparadas. Rynelf se quedó en la proa con su cabo listo para sondear la profundidad. Reepicheep, Edmund, Eustace y Caspian, cubiertos con relucientes cotas de malla, lo acompañaban. Drinian se ocupó de la caña del timón.

—Y ahora, en nombre de Aslan, ¡adelante! —gritó Caspian—. Con golpes de remo lentos y uniformes. Y que todos los hombres permanezcan en silencio y mantengan los oídos atentos para recibir órdenes.

Con un crujido y un gemido, el *Viajero del Alba* empezó a deslizarse lentamente al frente mientras los hombres comenzaban a remar. Lucy, en lo alto de la cofa militar, dispuso de una magnífica visión del momento exacto en que penetraron en la oscuridad. La proa había desaparecido ya antes de que la luz del sol abandonara la popa. Vio cómo se desvanecía. La popa dorada, el mar azul y el cielo estaban bajo la luz del día un instante, y al siguiente el mar y el cielo se esfumaron, el fanal de popa

—que antes apenas se destacaba— era entonces lo único que indicaba el punto donde finalizaba la nave. Frente al farol veía la figura oscura de Drinian agachada junto a la caña del timón. Por debajo de ella las dos antorchas hacían visibles dos pedazos pequeños de la cubierta, y centelleaban sobre espadas y cascos, y al frente existía otra isla de luz en el castillo de proa. Aparte de eso, la cofa militar, iluminada por la luz de la punta del mástil que se encontraba justo encima de la niña, parecía un pequeño mundo con luz propia flotando en la solitaria oscuridad. Y las luces mismas, como sucede siempre con las luces cuando hay que encenderlas fuera de su hora apropiada, parecían espeluznantes y anormales. Advirtió, también, que sentía mucho frío.

Nadie supo cuánto tiempo duró aquel viaje al interior de la oscuridad. A excepción del chirriar de los escálamos y el chapoteo de los remos, nada indicaba que se movieran. Edmund, que atisbaba desde la proa, no conseguía ver otra cosa que el reflejo del fanal en el agua delante de él. Parecía una especie de reflejo untuoso, y las ondulaciones producidas por la proa al avanzar se veían pesadas, menudas y sin vida. A medida que transcurría el tiempo todos, excepto los remeros, empezaron a tiritar de frío.

Repentinamente, de alguna parte —nadie tenía el sentido de la dirección claro a aquellas alturas— les llegó un grito, bien de una voz inhumana o de alguien presa de tal terror que casi había perdido su humanidad.

Caspian intentaba hablar —tenía la boca reseca— cuando la voz aguda de Reepicheep, que sonó más fuerte que de costumbre en aquel silencio, se dejó oír.

—¿Quién anda ahí? —chirrió—. Si eres un enemigo, no te tememos, y si eres un amigo, tus enemigos aprenderán a temernos.

—¡Misericordia! —gritó la voz—. ¡Misericordia! Aunque no seáis más que otro sueño, tened misericordia. Subidme a bordo. Subidme, aunque me matéis luego. Pero en nombre de todo lo que es misericordioso no os desvanezcáis y me dejéis en esta tierra horrible.

—¿Dónde estás? —llamó Caspian—. Ven a bordo y sé bienvenido.

Se oyó otro grito, que tanto pudo ser de alegría como de terror, y en seguida comprendieron que alguien nadaba hacia ellos.

—Preparaos para izarlo, amigos —indicó Caspian.

—Sí, sí, Majestad —respondieron los marineros. Varios se agolparon en el lado de babor con cuerdas y uno, inclinándose todo lo que pudo sobre el costado, sostuvo la antorcha. Un rostro frenético y pálido apareció en la negrura de las aguas, y entonces, tras unos cuantos forcejeos y tirones, una docena de manos amistosas consiguieron izar al desconocido a la cubierta.

Edmund se dijo que jamás había visto a un hombre con un aspecto tan espantoso. Si bien no parecía precisamente anciano, sus cabellos eran una desgreñada pelambrera blanca, tenía el rostro delgado y macilento y, por toda ropa, llevaba unos cuantos harapos mojados. Pero lo que más llamaba la atención eran sus ojos, que estaban tan abiertos que parecían carecer de párpados, y miraban como presas de un pánico mortal. En cuanto sus pies alcanzaron la cubierta dijo:

—¡Escapad! ¡Escapad! ¡Levad anclas y escapad! Remad, remad, remad con todas vuestras fuerzas para alejaros de esta costa maldita.

—Sosegaos —dijo Reepicheep—, y contadnos cuál es el peligro. No estamos acostumbrados a huir.

El desconocido se sobresaltó terriblemente al oír la voz del ratón, cuya presencia no había advertido aún.

—De todos modos huiréis de aquí —jadeó—. Ésta es la isla donde los sueños se hacen realidad.

—Ésa es la isla que he estado buscando durante tanto tiempo —observó uno de los marineros—. Siempre imaginaba que, si desembarcábamos aquí, resultaría estar casado con Nancy.

—Y yo que volvería a encontrar vivo a Tom —dijo otro.

—¡Necios! —exclamó el hombre, dando una rabiosa patada contra el suelo—. Ésa es la clase de palabrería que me trajo aquí, y habría sido mejor que me hubiera ahogado o que no hubiera nacido jamás. ¿Oís lo que digo? Aquí es donde los sueños... los sueños, ¿comprendéis? Se hacen realidad, se materializan. No las ilusiones: los sueños.

Se produjo apenas medio minuto de silencio y a continuación, con un gran estrépito de armaduras, toda la tripulación descendió atropelladamente por la escotilla principal tan de prisa como les fue posible y se arrojaron sobre los remos para remar como nunca lo habían hecho antes; y Drinian giró inmediatamente el timón, y el contramaestre marcó el ritmo de las paladas más veloces que se conocen en el mar. Nadie había necesitado más de medio minuto para recordar ciertos sueños que habían tenido —sueños que hacen que uno sienta miedo de volverse a dormir— y darse cuenta de lo que significaría desembarcar en un país donde los sueños se hacen realidad.

Únicamente Reepicheep permaneció impávido.

—Majestad, Majestad —dijo—, ¿vais a tolerar este amotinamiento, esta cobardía? Esto es pánico, esto es una huida vergonzosa.

—Remad, remad —rugió Caspian—. Nos va la vida en esto. ¿Está bien encarada la proa, Drinian? Puedes decir lo que quieras, Reepicheep. Hay cosas a las que ningún hombre se puede enfrentar.

—En ese caso, tengo la buena suerte de no ser un hombre —repuso éste con una reverencia muy estirada.

Lucy lo había escuchado todo desde las alturas. En un instante aquél de todos sus sueños que con más intensidad había intentado olvidar regresó a ella con tanta nitidez como si acabara de despertar de él. ¡De modo que era eso lo que había detrás de ellos, en la isla, en la oscuridad! Por unos segundos deseó bajar a la cubierta y estar con Edmund y Caspian. Pero ¿de qué serviría? Si los sueños empezaban a hacerse realidad, tanto Edmund como Caspian podrían convertirse en algo horrible justo cuando llegara junto a ellos. Se agarró con fuerza a la barandilla de la cofa militar e intentó serenarse. Remaban de regreso a la luz con toda la velocidad de la que eran capaces: todo se arreglaría en unos segundos. Pero ¡ojalá todo se hubiera arreglado ya en aquellos momentos!

A pesar de que los remos hacían mucho ruido, no ocultaban del todo el completo silencio que rodeaba el barco. Todos sabían que lo mejor era no escuchar, no aguzar los oídos en busca de algún sonido en la oscuridad; pero nadie podía evitar hacerlo. Y pronto todo el mundo oía cosas. Cada uno oía algo distinto.

—¿No oyes un ruido como... como de unas tijeras enormes que se abren y se cierran... por ahí? —preguntó Eustace a Rynelf.

—¡Chist! —respondió éste—. Las oigo trepar por los costados de la nave.

—Va a posarse sobre el mástil —declaró Caspian.

—¡Uy! —exclamó un marinero—. Ya empiezan los gongs. Ya sabía que empezarían.

Caspian, intentando no mirar a nada, y en especial no mirar a su espalda, fue a popa a ver a Drinian.

—Drinian —dijo en voz muy baja—, ¿cuánto tiempo remamos para entrar? Quiero decir, cuánto remamos hasta el lugar donde encontramos al desconocido.

—Cinco minutos, tal vez —susurró éste—. ¿Por qué?

—Porque ya llevamos bastante más tiempo intentando salir.

La mano de Drinian tembló sobre la caña del timón y un sudor frío le corrió por el rostro. La misma idea empezaba a ocurrírsele a todo el mundo a bordo.

—Jamás saldremos, jamás saldremos —gimieron los remeros—. Nos está dirigiendo mal. Estamos dando vueltas y más vueltas en círculos. No saldremos jamás.

El desconocido, que había estado tumbado hecho un ovillo sobre cubierta, se sentó muy erguido y soltó una horrible risa chillona.

—¡No salir jamás! —aulló—. Eso es. Desde luego. Jamás saldremos. Qué estúpido fui al pensar que me dejarían marchar tan fácilmente. No, no, no saldremos jamás.

Lucy inclinó la cabeza por encima del borde de la cofa y musitó:

—Aslan, Aslan, si alguna vez nos has amado, envíanos ayuda ahora.

La oscuridad no disminuyó, pero la niña empezó a sentirse un poco —sólo un poquito— mejor. «Al fin y al cabo, en realidad aún no nos ha sucedido nada», pensó.

—¡Mirad! —gritó la voz ronca de Rynelf desde la proa.

Al frente se veía un diminuto punto luminoso, y mientras observaban, un amplio haz de luz cayó sobre el barco. No alteró lo que los rodeaba, pero toda la nave quedó iluminada como por un foco. Caspian parpadeó, miró fijamente a su alrededor y vio los rostros de sus compañeros con expresiones fijas y extraviadas. Todo el mundo miraba en la misma dirección: detrás de cada uno yacía su sombra negra y bien definida.

Lucy siguió la dirección del haz de luz con la mirada y finalmente vio algo en él. Al principio pareció una cruz, luego un aeroplano, más tarde una cometa, y por fin, con un batir de alas, fue a colocarse justo encima de ellos y resultó ser un albatros. Describió tres círculos alrededor del mástil y luego se posó por un instante sobre la cresta del dragón dorado de la proa. Gritó con una voz dulce y potente lo que parecieron ser palabras aunque nadie las comprendió, y a continuación desplegó las alas, se alzó y empezó volar despacio por delante de ellos, girando ligeramente a estribor.

Drinian hizo virar la nave para seguirlo, sin dudar ni un instante de que les ofrecía una buena guía. Pero nadie excepto Lucy supo que mientras daba vueltas al mástil había susurrado a la pequeña: «Valor, querida mía», y la voz, la niña estaba segura, era la de Aslan, y con la voz un aroma delicioso acarició su rostro.

En unos instantes la oscuridad se transformó en una semi oscuridad al frente, y luego, casi antes de que se atrevieran a tener esperanzas, ya habían salido veloces a la luz del sol y se encontraban otra vez en el mundo cálido y azul. Y de súbito todos comprendieron que no había nada a lo que temer ni lo había habido nunca. Pestañearon y miraron a su alrededor. La luminosidad del mismo barco los dejó asombrados: casi habían esperado que la oscuridad se aferrase a los colores blancos, verdes y dorados en forma de alguna especie de tizne o telilla.

Y a continuación primero uno y luego otro, empezaron a reír.

—Creo que nos hemos puesto en ridículo —declaró Rynelf.

Lucy no perdió ni un minuto en descender a cubierta, donde encontró a los demás reunidos alrededor del recién llegado, que, por un buen rato, se sintió demasiado feliz para hablar y no pudo hacer más que contemplar el mar y el sol y palpar las bordas y las cuerdas, como si quisiera asegurarse de que estaba realmente despierto, mientras las lágrimas corrían por sus mejillas.

—Gracias —dijo por fin—. Me habéis salvado de... pero no hablaré de eso. Y ahora dadme a conocer quiénes sois. Yo soy un telmarino de Narnia, y cuando se me valoraba en algo la gente me llamaba lord Rhoop.

—Y yo —declaró Caspian— soy Caspian, rey de Narnia, y navego para buscaros a vos y a vuestros compañeros, que fuisteis amigos de mi padre.

—Señor —dijo lord Rhoop, cayendo de rodillas y besando la mano del rey—, sois el hombre que más deseaba ver en todo el mundo. Concededme un favor.

—¿Cuál es?

—No me volváis a traer jamás aquí —dijo él, y señaló a popa.

Todos miraron; pero vieron únicamente un brillante mar azul y un reluciente cielo, también azul. La Isla Oscura y la Oscuridad se habían desvanecido para siempre.

—¡Vaya! —exclamó lord Rhoop—. ¡La habéis destruido!

—No creo que fuéramos nosotros —observó Lucy.

—Señor —intervino entonces Drinian—, este viento sopla del sudeste. ¿Hago subir a nuestros pobres camaradas e izamos la vela? Después, yo enviaría a todo aquel que no fuera necesario a descansar a su hamaca.

—Sí —respondió Caspian—, y, además, distribuid ponche a todo el mundo. Cielos, yo también me siento como si pudiera dormir doce horas seguidas.

Así que toda la tarde, llenos de alegría, navegaron hacia el sudeste con buen viento. Sin embargo, nadie advirtió cuándo desapareció el albatros.

CAPÍTULO 13

Los tres durmientes

El viento no dejó de soplar pero se tornó más suave con el paso de los días, hasta que por fin las olas eran apenas leves ondulaciones, y la nave se deslizaba hora tras hora casi como si navegaran por un lago. Y cada noche veían que se alzaban en el este constelaciones nuevas que nadie había visto nunca en Narnia y que tal vez, como Lucy pensaba con una mezcla de júbilo y temor, ningún ser vivo había contemplado jamás. Aquellas estrellas nuevas eran grandes y brillantes, y las noches resultaban cálidas. Casi todo el mundo dormía en cubierta y conversaba hasta altas horas de la noche, o se inclinaba sobre el costado de la nave contemplando la danza luminosa de la espuma que la proa arrojaba a lo alto.

Una tarde de sorprendente belleza, cuando la puesta de sol a su espalda era tan roja y púrpura, y tan extensa que el mismo cielo parecía haber aumentado de tamaño, avistaron tierra a estribor de la proa. Se fue acercando despacio y la luz que brillaba detrás de ellos hacía que los cabos y promontorios de aquel nuevo territorio parecieran estar en llamas. Finalmente se encontraron navegando a lo largo de su costa y su cabo occidental se alzó entonces a popa, negro contra el cielo rojo y tan definido como si se tratara de una cartulina recortada, y entonces pudieron distinguir mejor cómo era aquel territorio. No tenía montañas pero sí muchas colinas suaves con laderas parecidas a almohadas. De él surgía un aroma atrayente; lo que Lucy llamaba «una especie de nebuloso olor púrpura», expresión que, según dijo Edmund (y pensó Rhince) era una sandez, pero a lo que Caspian replicó:

—Sé a lo que te refieres.

Navegaron un buen trecho, dejando atrás un cabo tras otro, con la esperanza de localizar un puerto profundo y agradable, pero tuvieron que contentarse al final con una bahía amplia y poco profunda. Aunque las aguas parecían tranquilas en alta mar, desde luego había oleaje en la playa y no pudieron entrar el *Viajero del Alba* tanto como les habría gustado. Echaron el ancla bastante lejos de la playa y tuvieron un desembarco húmedo y agitado en el bote. Lord Rhoop permaneció a bordo de la nave, pues no deseaba saber nada más de islas. Durante todo el tiempo que estuvieron en aquel lugar el sonido de las enormes rompientes resonó en sus oídos.

Dejaron dos hombres custodiando el bote y Caspian condujo al resto hacia el interior, pero no muy lejos, ya que era demasiado tarde para explorar y la luz no tardaría en desaparecer. Pero no fue necesario ir muy lejos para correr una aventura. El valle llano situado frente a la bahía no mostraba carretera ni senda ni ninguna otra señal de ocupación. Bajo los pies había una turba delicada y elástica salpicada aquí y allá con una vegetación baja y tupida que Edmund y Lucy tomaron por brezo. Eustace, que en realidad era bastante bueno en botánica, dijo que no lo era, y probablemente tenía razón; pero era algo que se le parecía mucho.

Apenas se habían alejado un tiro de flecha de la playa, cuando Drinian dijo:

—¡Mirad! ¿Qué es aquello? —Y todos se detuvieron.

—¿Son árboles grandes? —inquirió Caspian.

—Torres, creo —respondió Eustace.

—Podrían ser gigantes —dijo Edmund en voz más baja.

—El modo de averiguarlo es ir a colocarse justo

entre ellos —declaró Reepicheep, desenvainando la espada y avanzando a buen paso por delante de todos los demás.

—Creo que son unas ruinas —indicó Lucy cuando se hubieron acercado bastante más, y su suposición fue la que más se aproximó a la verdad.

Lo que encontraron fue un espacio amplio y oblongo, enlosado con piedras lisas, y rodeado de pilares grises pero sin techo. Una mesa muy larga lo recorría de un extremo al otro, cubierta con un mantel de un rojo vivo que descendía casi hasta el suelo. A cada lado de ella había muchas sillas de piedra, magníficamente talladas y con cojines de seda en los asientos, y en la mesa misma estaba dispuesto un banquete como no se había visto nunca, ni siquiera cuando Peter el Sumo Monarca tenía su corte en Cair Paravel. Había ocas, patos y pavos reales, cabezas de jabalíes y costillares de venado, bizcochos en forma de veleros o dragones y elefantes, pudín helado, langostas relucientes y salmones resplandecientes, nueces y uvas, piñas y melocotones, granadas, melones y tomates. Había jarros de oro, de plata y de cristal curiosamente trabajado; y el aroma de la fruta y el vino volaron hacia ellos como una promesa de toda clase de prosperidad.

—¡Cielos! —exclamó Lucy.

Se acercaron sin hacer ruido.

—Pero ¿dónde están los invitados? —preguntó Eustace.

—Los podemos facilitar nosotros, señor —repuso Rhince.

—¡Fijaos! —dijo Edmund con brusquedad.

Se encontraban ya entre los pilares y sobre la zona enlosada, y todos miraron hacia donde Edmund había indicado. Las sillas no estaban todas vacías. En la cabecera de la mesa y en dos lugares junto a ella había algo; posiblemente tres seres.

—¿Qué es eso? —inquirió Lucy en un susurro—. Parecen tres castores sentados a la mesa.

—O un enorme nido de ave —replicó Edmund.

—A mí me parece más bien un almiar —dijo Caspian.

Reepicheep corrió al frente, saltó sobre una silla y de allí a la mesa, y la recorrió veloz, avanzando con la agilidad de un bailarín por entre copas adornadas con piedras preciosas, pirámides de fruta y saleros de marfil. Fue hasta la misteriosa masa gris del extremo: la inspeccionó, la tocó, y a continuación declaró:

—Éstos no pelearán, me parece.

Todos se acercaron entonces y vieron que lo que ocupaba aquellos tres asientos eran tres hombres, aunque resultaba difícil reconocerlos como hombres hasta que los miraban con atención. Sus cabellos, que eran grises, habían crecido por encima de los ojos hasta casi ocultar los rostros, y las barbas habían crecido por encima de la mesa, trepando y enroscándose alrededor de platos y copas del mismo modo que las zarzas se enroscan a una valla hasta que, entremezclados en una enorme mata de cabellos, habían caído por encima del

borde de la mesa y habían llegado al suelo. Y de sus cabezas colgaban las melenas por encima de los respaldos de sus asientos hasta ocultarlos por completo. En realidad los tres hombres eran casi únicamente pelo.

—¿Muertos? —preguntó Caspian.

—No lo creo, señor —respondió Reepicheep, levantando una de las manos fuera de la maraña de cabellos con la ayuda de sus dos zarpas—. Éste está caliente y le late el pulso.

—A éste también, y a éste —anunció Drinian.

—Vaya, sólo están dormidos —comentó Eustace.

—Pero ha sido un sueño muy largo —indicó Caspian—, para que sus cabellos crecieran así.

—Sin duda es un sueño hechizado —dijo Lucy—. En cuanto desembarcamos en esta isla sentí que estaba llena de magia. ¿Creéis que a lo mejor hemos venido aquí a romper el hechizo?

—Podemos intentarlo —repuso Caspian, y empezó a zarandear a uno de los tres durmientes.

Por un momento todos pensaron que iba a tener éxito, ya que el hombre respiró con fuerza y murmuró: «No iré más al este. Fuera los remos por Narnia». Pero volvió a sumirse casi de inmediato en un sueño todavía más profundo que antes: es decir, la pesada cabeza se inclinó unos centímetros más en dirección a la mesa y todos los esfuerzos por volver a despertarlo fueron infructuosos.

Con el segundo sucedió algo muy parecido: «No nacimos para vivir como animales. Ve al este mientras tengas una posibilidad de hacerlo... Tierras detrás del sol», y volvió a dormirse. Y el tercero se limitó a decir: «Mostaza, por favor», y se durmió profundamente.

—Fuera remos por Narnia, ¿eh? —dijo Drinian.

—Sí —asintió Caspian—, tenéis razón, Drinian. Creo que nuestra búsqueda ha llegado a su fin. Echemos una mirada a sus anillos. Sí, éstos son sus símbolos. Éste es lord Revilian. Éste es lord Argoz; y éste, lord Mavramorn.

—Pero no podemos despertarlos —indicó Lucy—. ¿Qué haremos?

—Si me disculpan Sus Majestades —intervino Rhince—, ¿por qué no empezamos a comer mientras lo discuten? No se ve una cena como ésta todos los días.

—¡Ni se te ocurra! —exclamó Caspian.

—Tiene razón, tiene razón —dijeron varios de los marineros—. Hay demasiada magia por aquí. Cuanto antes regresemos a bordo, mejor.

—Podéis estar seguros —dijo Reepicheep— de que fue por comer estos alimentos por lo que los tres lores se sumieron en este sueño de siete años.

—No los tocaría ni para salvar mi vida —declaró Drinian.

248

—Oscurece con una rapidez extraordinaria —observó Rynelf.

—Regresemos al barco, regresemos al barco —mascullaron los hombres entre dientes.

—Realmente pienso que tienen razón —dijo Edmund—. Podemos decidir qué hacer con los tres durmientes mañana. No nos atrevemos a probar la comida y no existe ningún motivo para que nos quedemos a pasar la noche aquí. Todo el lugar huele a magia y a peligro.

—Comparto totalmente la opinión del rey Edmund —declaró Reepicheep— en lo que concierne a la tripulación del barco en general. Pero yo, por mi parte, me sentaré a esta mesa hasta el amanecer.

—¿Por qué diantre? —dijo Eustace.

—Porque —contestó el ratón— ésta es una gran aventura, y ningún peligro me parece tan grande como el de saber, a mi regreso a Narnia, que dejé un misterio tras de mí por culpa del miedo.

—Me quedaré contigo, Reep —anunció Edmund.

—También yo —dijo Caspian.

—Y yo —declaró Lucy.

Y a continuación Eustace también se ofreció como voluntario, lo que fue un gran acto de valentía por su parte, ya que no haber leído jamás sobre tales cosas ni haber oído hablar de ellas hasta que se unió al *Viajero del Alba* empeoraba más las cosas para él que para los demás.

—Imploro a Su Majestad... —empezó Drinian.

—No, milord —dijo Caspian—. Vuestro lugar está en el barco, y habéis tenido todo un día de trabajo mientras que nosotros hemos estado ociosos.

Se produjo una larga discusión al respecto, pero finalmente Caspian se salió con la suya. Mientras la tripulación partía hacia la playa en medio de la creciente oscuridad ninguno de los cinco vigilantes, excepto tal vez Reepicheep, pudo evitar sentir un helado nudo en el estómago.

Tardaron bastante tiempo en elegir asientos ante la peligrosa mesa. Probablemente todos tenían el mismo motivo pero nadie lo dijo en voz alta; pues en realidad se trataba de una elección desagradable. A todos les resultaba difícil soportar la idea de tener que pasar toda la noche sentado cerca de aquellos tres horribles objetos peludos que, si bien no estaban muertos, desde luego no estaban vivos en el sentido corriente de la palabra. Por otra parte, sentarse en el otro extremo, de modo que los distinguirían cada vez menos a medida que oscureciera, y no podrían darse cuenta de si se movían, y quizá no podrían verlos en absoluto a partir de las dos de la madrugada... no, aquello resultaba impensable. Así pues, deambularon alrededor de la mesa diciendo: «¿Qué os parece aquí?» y «¿O tal vez un poco más adelante?» o «¿Por qué no en este lado?». Hasta que por fin se acomodaron en un punto cerca del centro pero más cerca de los durmientes que del otro extremo. Para entonces eran alrededor de las diez y ya casi de noche. Las extrañas constelaciones brillaban en el este, y a Lucy le habría gustado más si hubieran sido el Leopardo, la Nave y otras viejas amigas del firmamento narniano.

Arrebujados en sus capas marinas, se sentaron muy quietos y aguardaron. Al principio hubo algún intento de mantener una conversación pero no prosperó; así que permanecieron sentados horas y horas, sin dejar de oír cómo rompían las olas en la playa.

Tras horas que parecieron siglos llegó un momento en el que todos comprendieron que habían estado dormitando un momento antes pero que, de repente, se hallaban totalmente despiertos. Las estrellas ocupaban posiciones distintas de las que tenían la última vez que las observaron, y el cielo estaba muy negro, a excepción de un gris apenas perceptible en el este. Estaban helados, sedientos y entumecidos, y ninguno habló porque en aquel momento por fin sucedía algo.

Ante ellos, más allá de las columnas, había la ladera de una colina baja. Y, justo entonces, una puerta se abrió en la falda de la elevación, apareció luz en la entrada, salió una figura al exterior y la puerta se cerró tras ella. La aparición sostenía un candil, y su luz era en realidad lo único que distinguían con claridad, mientras se acercaba despacio hasta detenerse justo ante la mesa, frente a ellos. Entonces pudieron ver que se trataba de una joven alta, vestida con una única prenda larga de color azul claro que dejaba los brazos al descubierto. Llevaba la cabeza sin cubrir y los dorados cabellos le caían por la espalda. Y cuando la miraron se dijeron que nunca antes habían sabido lo que realmente significaba la belleza.

La luz que sostenía era una vela larga en un candelero de plata que depositó sobre la mesa. Si había soplado viento desde el mar a primeras horas de la noche sin duda se había desvanecido ya, pues la llama de la vela ardía tan recta e inmóvil como si estuviera en una habitación con las ventanas cerradas y las cortinas corridas. El oro y la plata de la mesa relucían bajo aquella luz.

Entonces Lucy advirtió algo colocado longitudinalmente sobre la mesa que había escapado a su atención antes. Era un cuchillo de piedra, afilado como el acero, un objeto de aspecto antiguo y cruel.

Nadie había dicho una palabra todavía. Entonces —Reepicheep primero, y Caspian después— todos se pusieron en pie, pues sentían que estaban en presencia de una gran dama.

—Viajeros que habéis venido desde lejos a la mesa de Aslan —dijo la muchacha—. ¿Por qué no coméis ni bebéis?

—Señora —respondió Caspian—, temíamos la comida porque pensábamos que había sumido a nuestros amigos en un sueño hechizado.

—Jamás la han probado —declaró ella.

—Por favor —pidió Lucy—, ¿qué les sucedió?

—Hace siete años —dijo la joven—, vinieron aquí en un barco cuyas velas estaban hechas jirones y los maderos a punto de desprenderse. Había unos cuantos hombres más con ellos, marineros, y cuando llegaron ante esta mesa uno dijo: «Aquí tenemos un buen sitio. ¡Dejemos de largar velas, de plegarlas y de remar y sentémonos para acabar nuestros días en paz!». Y el segundo dijo: «No, volvamos a embarcar y naveguemos en dirección a Narnia y el oeste; puede que Miraz haya muerto». Pero el tercero, que era un hombre muy autoritario, se levantó de un salto y les espetó: «No, cielos. Somos hombres y telmarinos, no bestias. ¿Qué deberíamos hacer sino buscar una aventura tras otra? No nos queda mucho tiempo de vida, de todos modos, así que utilicémoslo en buscar el mundo deshabitado situado tras la salida del sol». Y mientras disputaban, el tercero se apoderó del Cuchillo de Piedra que descansa ahí sobre la mesa, dispuesto a pelear contra sus compañeros. Pero es un objeto que él no debía tocar, y en cuanto sus dedos se cerraron sobre la empuñadura, un sueño profundo se apoderó de los tres. Y hasta que se deshaga el hechizo no despertarán.

—¿Qué es este Cuchillo de Piedra? —preguntó Eustace.

—¿Ninguno de vosotros lo conoce? —inquirió la muchacha.

—Creo... creo —dijo Lucy— que he visto algo parecido. Era un cuchillo como ése el que la Bruja Blanca usó cuando mató a Aslan en la Mesa de Piedra hace mucho tiempo.

—Era el mismo —respondió ella—, y fue traído aquí para ser conservado con honor mientras perdure el mundo.

Edmund, que se había mostrado cada vez más incómodo durante los últimos minutos, dijo entonces:

—Escuchad. Espero no ser un cobarde... respecto a lo de comer estos alimentos, me refiero... y, desde luego, no es mi intención ser grosero. Pero nos ha sucedido gran cantidad de aventuras extrañas en este viaje nuestro y las cosas no son siempre lo que parecen. Cuando os miro al rostro no puedo evitar creer todo lo que decís; pero eso es también lo que sucedería con una bruja. ¿Cómo podemos saber que sois una amiga?

—No podéis. Sólo podéis creer... o no.

Tras una corta pausa se oyó la fina voz de Reepicheep:

—Señor —dijo a Caspian—, si sois tan amable, llenad mi copa con vino de esa jarra: es demasiado grande para que la pueda levantar. Beberé a la salud de la dama.

Caspian aceptó y el ratón, de pie sobre la mesa, alzó una copa de oro entre sus diminutas patas y dijo:

—Señora, brindo por vos.

A continuación empezó a comer fiambre de pavo real, y al poco rato todos siguieron su ejem-

plo. Estaban muy hambrientos y la comida, aunque no fuera lo ideal para un desayuno temprano, era excelente como cena tardía.

—¿Por qué la llaman la Mesa de Aslan? —preguntó Lucy al cabo de un rato.

—Está colocada aquí siguiendo sus órdenes —respondió la joven—, para aquellos que lleguen tan lejos. Algunos llaman a esta isla el Fin del Mundo, pues aunque se puede navegar más allá, éste es el principio del fin.

—Pero ¿cómo es que la comida no se estropea? —inquirió el práctico Eustace.

—Es comida renovada diariamente —respondió ella—. Ya lo veréis.

—Y ¿qué vamos a hacer respecto a los Durmientes? —quiso saber Caspian—. En el mundo del que vienen mis amigos —en aquel punto indicó con la cabeza a Eustace y a los hermanos Pevensie—, existe una historia de un príncipe o un rey que llega a un castillo en el que todos duermen un sueño mágico. En aquella historia el príncipe no podía romper el hechizo hasta haber besado a la princesa.

—Pero aquí —repuso la joven— es distinto. Aquí no puede besar a la princesa hasta que haya roto el hechizo.

—En ese caso —declaró Caspian—, en nombre

de Aslan, mostradme cómo puedo ponerme manos a la obra de inmediato.

—Mi padre os lo enseñará —respondió ella.

—¡Vuestro padre! —exclamaron todos—. ¿Quién es? Y ¿dónde está?

—Mirad —dijo la muchacha, dándose la vuelta y señalando la puerta de la ladera de la colina.

La vieron entonces con más facilidad, pues mientras habían estado hablando, las estrellas habían perdido luminosidad y grandes brechas de luz blanca empezaban a aparecer en la semioscuridad del cielo oriental.

CAPÍTULO 14

El principio del Fin del Mundo

Lentamente, la puerta volvió a abrirse y por ella salió una figura tan alta y erguida como la muchacha, pero no tan esbelta. No llevaba candil pero de ella misma parecía surgir luz. Al acercarse más, Lucy vio que tenía el aspecto de un hombre anciano. La barba plateada descendía hasta sus pies descalzos por delante, la cabellera también plateada colgaba hasta sus talones por detrás y la túnica parecía confeccionada con lana de ovejas plateadas. Su aspecto era tan bondadoso y solemne a la vez que, de nuevo, todos se pusieron en pie y permanecieron en silencio.

Pero el anciano se aproximó sin hablar a los viajeros y fue a colocarse en el extremo de la mesa opuesto al de su hija; después, los dos alzaron los brazos ante ellos y se volvieron hacia el este, y en aquella posición empezaron a cantar. Me gustaría poder escribir esa canción, pero ninguno de los presentes pudo recordarla. Lucy dijo más tarde que era aguda, casi chillona, pero muy hermosa: «Un especie de canto frío, un canto de primera hora de la mañana». Y mientras cantaban, las nubes grises desaparecieron del cielo oriental y las manchas blancas aumentaron de tamaño hasta que todo quedó blanco, y el mar empezó a brillar como si fuera de plata. Mucho después —aunque los dos no dejaron de cantar ni un momento— el este empezó a tornarse rojo y por fin, sin una nube, el sol surgió del mar y su largo rayo horizontal cayó a lo largo de toda la longitud de la mesa sobre las piezas de oro y de plata, y también sobre el Cuchillo de Piedra.

En una o dos ocasiones con anterioridad, los narnianos se habían preguntado si el sol al salir no parecía mayor en el mar que en casa. En aquella ocasión estuvieron seguros de que así era. No cabía la menor duda. Y la luminosidad de sus rayos sobre el rocío y la mesa estaba más allá de cualquier luminosidad matutina que hubieran visto jamás. Y como Edmund dijo luego: «Aunque sucedieron gran cantidad de cosas en aquel viaje que parecen más interesantes, aquel momento fue en verdad el más emocionante». Pues entonces supieron que de veras habían llegado al principio del Fin del Mundo.

Entonces algo pareció volar hacia ellos desde el centro mismo del sol: aunque, desde luego, no se podía mirar fijamente en aquella dirección para asegurarse. Pero al poco, el aire se llenó de voces; voces que hicieron suya la misma canción que la dama y su padre entonaban, pero con cadencias mucho más delirantes y en una lengua que nadie conocía. Y al poco rato se pudo divisar ya a los propietarios de aquellas voces. Eran pájaros, enormes y blancos, que venían a centenares y a miles, y se iban posando sobre todo lo que allí había; en la hierba, en el pavimento, sobre la mesa, sobre los hombros, en las manos, en la cabeza, hasta que pareció como si hubiera caído una fuerte nevada. Pues, igual que la nieve, no sólo lo tornaron todo blanco, sino que desdibujaron y embotaron las formas. Lucy, mirando por entre las alas de las aves que la cubrían, vio que un pájaro volaba hasta el anciano con algo en el pico que parecía un fruto pequeño, a menos que fuera un carbón encendido, lo que podría haber sido, ya que era demasiado brillante para mirarlo. Y el pájaro lo depositó en la boca del anciano.

Entonces, las aves dejaron de cantar y parecieron estar muy ocupadas con los alimentos de la mesa. Cuando volvieron a levantarse de ella, todo lo bebible o comestible que había en la superficie

había desaparecido, y las aves se elevaron de su comida a cientos y a miles y se llevaron todas las cosas que no se podían comer ni beber, como huesos, cáscaras y conchas, y volaron de regreso al sol naciente. Pero ahora, debido a que no cantaban, el zumbido de sus alas pareció estremecer el aire. Y allí quedó la mesa limpia y vacía, y con los tres lores de Narnia todavía profundamente dormidos.

En ese momento, el anciano se volvió por fin hacia los viajeros y les dio la bienvenida.

—Señor —dijo Caspian—, ¿nos diréis cómo deshacer el hechizo que mantiene a estos tres lores narnianos dormidos?

—Te lo diré de buen grado, hijo mío —respondió él—. Para romper este hechizo debes navegar al Fin del Mundo, o tan cerca como puedas llegar de él, y debes regresar tras dejar allí al menos a uno de tus acompañantes.

—Y ¿qué le sucederá a esa persona? —preguntó Reepicheep.

—Deberá marchar allí donde finaliza el este y no regresar jamás al mundo.

—Eso es lo que yo más deseo —declaró el ratón.

—Y ¿estamos cerca del Fin del Mundo, señor? —inquirió Caspian—. ¿Sabéis algo de los mares y tierras situados más al este de aquí?

—Los vi hace mucho tiempo —respondió el anciano—, pero fue desde una gran altura. No puedo decirte aquello que los marineros necesitan saber.

—¿Queréis decir que volabais por los aires? —soltó Eustace.

—Me encontraba muy por encima del aire, hijo mío —respondió él—. Soy Ramandu. Pero ya veo que intercambiáis miradas de extrañeza y no habíais oído este nombre. No me sorprende, pues los días en que era una estrella habían cesado mucho antes de que ninguno de vosotros conociera este mundo, y todas las constelaciones han cambiado.

—¡Recórcholis! —musitó Edmund—. Es una estrella «jubilada».

—¿Ya no sois una estrella? —preguntó Lucy.

—Soy una estrella en reposo, hija mía —respondió Ramandu—. Cuando me puse por última vez, decrépito y más viejo de lo que podéis imaginar, se me transportó a esta isla. No soy tan viejo ahora como era entonces, pues cada mañana un pájaro me trae una baya de fuego de los valles del Sol, y cada una de estas bayas elimina un poco de mi edad. Y cuando me haya vuelto tan joven como el niño que nació ayer, ascenderé de nuevo, pues nos encontramos en el borde oriental, y volveré a tomar parte en la gran danza.

—En nuestro mundo —dijo Eustace—, una estrella es una enorme bola de gas llameante.

—Incluso en tu mundo, hijo, no es eso lo que «es» una estrella sino sólo de qué está hecha. Y en este mundo ya habéis conocido a una estrella: pues creo que habéis estado con Coriakin.

—¿También él es una estrella «jubilada»? —quiso saber Lucy.

—Bueno, no es exactamente lo mismo —repuso Ramandu—. No fue para descansar por lo que lo enviaron a gobernar a los Farfallones. Más bien podríais llamarlo un castigo. Podría haber brillado durante miles de años más en el cielo invernal meridional si todo hubiera ido bien.

—¿Qué hizo? —preguntó Caspian.

—Hijo mío, no es asunto tuyo, siendo un Hijo de Adán, conocer qué faltas puede cometer una estrella. Pero vamos, malgastamos el tiempo con esta conversación. ¿Has tomado una decisión? ¿Navegarás más al este y volverás aquí, dejando a uno que no regresará jamás, y romperás de este modo el hechizo? ¿O zarparás hacia el oeste?

—Sin duda, señor —intervino Reepicheep—. No cabe la menor duda al respecto, ¿verdad? Es parte de nuestra misión rescatar a estos tres lores de su hechizo, ¡por supuesto!

—Pienso lo mismo, Reepicheep —replicó Caspian—. E incluso de no ser así, me partiría el corazón no llegar tan cerca del Fin del Mundo como el *Viajero del Alba* pueda llevarnos. Pero pienso en la tripulación. Ellos se alistaron para ir en busca de los siete lores, no para llegar al borde de la Tierra. Si zarpamos al este desde aquí, zarpamos en busca del borde, del este total. Y nadie sabe a qué distancia está. Son gente valerosa, pero veo indicios de que algunos están cansados del viaje y ansían poner proa en dirección a Narnia otra vez. No creo que deba llevarlos más lejos sin su conocimiento y consentimiento. Y luego está el pobre lord Rhoop, que está destrozado.

—Hijo mío —dijo la estrella—, no serviría de nada, incluso aunque lo desearas, navegar hacia el Fin del Mundo con gentes renuentes o engañadas. No es así como se consiguen los grandes desencantamientos. Deben saber adónde van y por qué. Pero ¿quién es este hombre destrozado del que hablas?

Caspian contó a Ramandu la historia de Rhoop.

—Puedo darle lo que más necesita —indicó él—. En esta isla existe sueño sin limitación ni medida, y sueño en el que jamás se oyó la más leve pisada de una pesadilla. Que se siente junto a los otros tres y se sumerja en la inconsciencia hasta vuestro regreso.

—Hagamos eso, Caspian —propuso Lucy—. Estoy segura de que es lo que más le gustaría.

En aquel momento se vieron interrumpidos por el sonido de muchos pies y voces: Drinian y el resto de la tripulación del barco se acercaban. Se pararon en seco, sorprendidos, cuando vieron a Ramandu y a su hija; y entonces, puesto que aquellas personas eran sin duda gente importante, todos los hombres se quitaron el sombrero. Algunos marineros miraron los platos y jarras vacíos de la mesa con pesar.

—Milord —dijo el rey a Drinian—, os ruego que enviéis a dos hombres de regreso al *Viajero del Alba* con un mensaje para lord Rhoop. Decidle que lo que queda de sus antiguos compañeros de navegación está aquí dormido, en un sueño sin pesadillas, y que puede compartirlo si lo desea.

Una vez hecho eso, Caspian indicó al resto que se sentaran y les expuso toda la situación. Al terminar se produjo un largo silencio y algunos cuchicheos hasta que por fin el maestro remero se puso en pie, y dijo:

—Lo que algunos de nosotros hace tiempo deseamos preguntar, Majestad, es cómo vamos a conseguir regresar a casa cuando demos la vuelta, tanto si viramos aquí o en otra parte. Todos los vientos han sido del oeste y del noroeste durante el camino, salvo alguna calma ocasional. Y si eso no cambia, me gustaría saber qué esperanzas tenemos de volver a ver Narnia. No hay muchas probabilidades de que las provisiones duren mientras «remamos» todo ese trecho.

—Eso es palabrería de marineros inexpertos —declaró Drinian—. Siempre existe un viento predominante del oeste en estas aguas durante la última parte del verano, y siempre cambia después del Año Nuevo. Tendremos todo el viento que queramos para navegar al oeste; más del que nos gustaría, según dicen.

—Eso es cierto, patrón —dijo un marinero anciano que era galmiano de nacimiento—. Uno encuentra un tiempo bastante desapacible procedente del este en enero y febrero. Y con vuestro permiso, señor, si yo mandara esta nave, aconsejaría que pasáramos el invierno aquí e iniciáramos el viaje de vuelta a casa en marzo.

—¿Qué comeríais mientras pasáramos el invierno aquí? —preguntó Eustace.

—Esta mesa —dijo Ramandu— se llenará con un festín digno de un rey cada día al ponerse el sol.

—¡Así se habla! —exclamaron varios marineros.

—Majestades, caballeros y damas —dijo Rynelf—, hay únicamente una cosa que deseo decir. No hay nadie aquí que fuera presionado para realizar este viaje. Somos voluntarios. Y hay quienes contemplan con fijeza esa mesa y piensan en festines regios, pero que hablaban con mucho entusiasmo de aventuras el día que zarpamos de Cair Paravel, y juraban que no volverían a casa hasta que hubiéramos encontrado el Fin del Mundo. Y había algunos de pie en el muelle que habrían dado todo lo que poseían por venir con nosotros, pues se consideraba más admirable poseer un camarote de grumete en el *Viajero del Alba* que lucir el cinto de un caballero. No sé si comprendéis lo que digo; pero lo que quiero decir es que creo que unos tipos que partieron como lo hicimos nosotros parecerían tan estúpidos como... como aquellos Farfapodos... si regresaran a casa y dijeran que llegaron hasta el principio del Fin del Mundo y no tuvieron valor para seguir adelante.

Algunos de los marineros aclamaron sus palabras pero otros dijeron que todo aquello era palabrería.

—Esto no va a ser muy divertido —susurró Edmund a Caspian—. ¿Qué haremos si la mitad de ellos se queda atrás?

—Aguarda —respondió Caspian en otro susurro—, todavía tengo un as en la manga.

—¿No vas a decir nada, Reep? —murmuró Lucy.

—No, ¿por qué debería Su Majestad esperar que lo hiciera? —respondió el ratón en un tono de voz que la mayoría oyó—. He hecho mis propios planes. Mientras pueda, navegaré al este en el *Viajero del Alba*. Cuando la nave me falle, remaré al este en mi barquilla. Cuando ésta se hunda, nadaré al este con mis patas; y cuando ya no pueda nadar más, si no he llegado al país de Aslan o he sido arrastrado por encima del borde del mundo por una catarata enorme, me hundiré con el hocico dirigido a la salida del sol y Peepiceek será el jefe de los ratones parlantes de Narnia.

—¡Bravo, bravo! —gritó un marinero—. Yo diría lo mismo, excluyendo la parte de la barquilla, que no soportaría mi peso. —Y añadió en voz más baja—. No pienso permitir que me supere un ratón.

—Amigos —dijo Caspian en aquel punto, poniéndose en pie de un salto—, creo que no habéis comprendido exactamente nuestro propósito. Habláis como si hubiéramos acudido a vosotros sombrero en mano, suplicando tripulación. No es eso en absoluto. Nosotros y nuestros reales hermano y hermana y su pariente, junto con Reepicheep, el buen caballero, y lord Drinian tenemos una misión que realizar en el borde del mundo. Nos complacerá elegir entre aquellos de vosotros que estéis dispuestos a venir, a los que consideremos dignos de tan magnífica empresa. Por ese motivo ordenaremos ahora a lord Drinian y a maese Rhince que consideren con atención qué hombres de entre vosotros son los más resistentes en combate, los marinos más expertos, los más limpios de corazón, los más leales a nuestra persona y los de vida y costumbres más irreprochables. —Se detuvo y luego siguió más rápido—: ¡Por la melena de Aslan! —exclamó—. ¿Creéis que el privilegio de ver lo último que existe se puede comprar con una canción? Cada hombre que venga con nosotros legará el título de «Viajero del Alba» a todos sus descendientes, y cuando desembarquemos en Cair Paravel en el viaje de vuelta recibirá oro o tierras suficientes para hacer de él un hombre rico toda su vida. Ahora, desperdigaos por la isla, todos vosotros. Dentro de media hora recibiré los nombres que me traiga lord Drinian.

Se produjo un silencio más bien tímido y a continuación los hombres hicieron una reverencia y se alejaron, uno en una dirección, otro en otra, pero la mayoría en pequeños grupos, conversando.

—Y ahora ocupémonos de lord Rhoop —anunció Caspian.

Pero al regresar a la cabecera de la mesa comprobó que Rhoop ya se encontraba allí. Había llegado, silencioso y sin que nadie lo advirtiera, mientras tenía lugar la discusión, y estaba sentado junto a lord Argoz. La hija de Ramandu se hallaba a su lado como si acabara de acompañarlo hasta su asiento; el anciano fue a colocarse a su espalda y posó las dos manos sobre la canosa ca-

beza del noble. Incluso a plena luz del día una tenue luz gris surgió de las manos de la estrella. En
el rostro macilento de Rhoop apareció una sonrisa y tendió una de sus manos a Lucy y la otra a
Caspian. Por un momento pareció como si fuera
a decir algo. Luego su sonrisa se iluminó más,
como si experimentase una sensación deliciosa,
un largo suspiro de satisfacción brotó de sus labios, su cabeza se inclinó al frente y se durmió.

—Pobre Rhoop —dijo Lucy—. Me alegro. Deben de haberle ocurrido cosas terribles.

—No lo pensemos siquiera —manifestó Eustace.

Entretanto, el discurso de Caspian, con la ayuda tal vez de alguna magia presente en la isla, tenía justo el efecto que deseaba. Una buena cantidad de hombres que habían estado ansiosos por
«abandonar» el viaje no estaban tan conformes
entonces con la idea de que «los dejaran fuera». Y,
desde luego, cada vez que algún marinero anun-
ciaba que había decidido solicitar permiso para
navegar con ellos, los que no lo habían dicho ad-
vertían que cada vez eran menos y se sentían más
incómodos. Así pues, antes de que transcurriera
la media hora, varios hombres se dedicaban ya
sin tapujos a adular a Drinian y a Rhince (al menos así era como lo llamaban en mi escuela), para

conseguir un buen informe. Y pronto sólo quedaron tres que no querían ir, y aquellos tres se esforzaban en persuadir al resto para que se quedase con ellos. Y poco después ya sólo quedaba uno, que, al final, empezó a temer que se quedaría solo y cambió de parecer.

Finalizada la media hora, todos regresaron en tropel a la Mesa de Aslan y se quedaron de pie en un extremo mientras Drinian y Rhince iban a sentarse con Caspian y entregaban su informe; y Caspian aceptó a todos los hombres excepto al que había cambiado de idea en el último momento. Éste, que se llamaba Pittencream, se quedó en la Isla de la Estrella todo el tiempo que sus compañeros estuvieron fuera buscando el Fin del Mundo y acabó deseando fervientemente haber ido con ellos. No era la clase de persona que podía disfrutar conversando con Ramandu y su hija —ni ellos se divertían con él—, además, llovió mucho, y aunque aparecían banquetes fantásticos en la Mesa cada noche, no disfrutó demasiado de su estancia. Dijo que le ponía la carne de gallina estar allí sentado, solo (y probablemente bajo la lluvia) con aquellos cuatro lores dormidos en el otro extremo de la Mesa. Y cuando regresaron los demás se sintió tan fuera de lugar que en el viaje de vuelta desertó al llegar a las Islas Solitarias y se marchó a vivir a Calormen, donde contó historias fantásticas sobre sus aventuras en el Fin del Mundo, hasta que al final llegó a creérselas él mismo. De modo que uno podría decir que vivió feliz desde entonces, aunque jamás pudo soportar a los ratones.

Aquella noche todos comieron y bebieron juntos en la gran Mesa situada entre las columnas donde el festín se renovaba mágicamente; y a la mañana siguiente el *Viajero del Alba* volvió a zarpar justo después de que las enormes aves llegaran y se fueran otra vez.

—Señora —dijo Caspian—, espero poder hablar con vos de nuevo cuando haya roto el hechizo.

Y la hija de Ramandu lo miró y sonrió.

CAPÍTULO 15

Las maravillas del Último Mar

Al poco tiempo de haber abandonado la tierra de Ramandu empezaron a sentir que ya habían navegado hasta el Fin del Mundo. Todo era diferente. En primer lugar descubrieron que necesitaban menos horas de sueño; que no deseaban irse a la cama, ni comer demasiado, ni siquiera hablar si no era en voz baja. En segundo lugar, estaba la luz. Había demasiada. El sol al salir por las mañanas parecía el doble, por no decir el triple de grande. Y cada mañana —lo que producía en Lucy la sensación más extraña de todas—; los enormes pájaros, entonando su canción con voces humanas en una lengua que nadie conocía, pasaban en tropel por encima de sus cabezas y se desvanecían por detrás de la nave con rumbo a su desayuno en la Mesa de Aslan. Al cabo de un rato volvían a pasar volando y se perdían por el este.

—¡Qué transparente es el agua! —se dijo Lucy en voz baja, mientras se inclinaba sobre el lado de babor a primeras horas de la tarde del segundo día.

Y lo era. Lo primero que advirtió fue un pequeño objeto negro, aproximadamente del tamaño de un zapato, que viajaba junto a ellos a la misma velocidad del barco. Por un momento pensó que era algo que flotaba en la superficie. Entonces vio en el agua un pedazo de pan duro que el cocinero acababa de arrojar fuera de la cocina y pareció como si el trozo de pan fuera a chocar con el objeto negro, pero no fue así. Pasó por encima de él, y Lucy se dio cuenta de que la cosa negra no podía estar en la superficie. A continuación el objeto negro se volvió de repente mucho más grande, para recuperar luego su tamaño normal al cabo de un momento.

Lucy sabía que había visto algo igual en otra parte... si al menos pudiera recordar dónde. Se llevó la mano a la cabeza y torció el rostro a la vez que sacaba la lengua en un esfuerzo por recordar. Finalmente lo logró. ¡Claro! Era igual que lo que se veía desde un tren en un día soleado. Primero se veía la sombra del vagón corriendo por los campos a la misma velocidad que el tren. Luego el tren entraba en una zanja; y al momento la misma sombra se acercaba y aumentaba de tamaño, corriendo sobre la hierba del terraplén. Luego, se salía de la zanja y —¡*zas*!— la sombra negra volvía a tener su tamaño normal y corría por los campos.

—¡Es nuestra sombra! La sombra del *Viajero del Alba* —dijo Lucy—. Nuestra propia sombra deslizándose por el fondo del mar. Cuando se hizo mayor fue porque pasó por encima de una colina. Pero ¡en ese caso el agua debe de ser más transparente de lo que pensaba! ¡Válgame Dios, sin duda veo el fondo del mar; a brazas y brazas por debajo de nosotros!

En cuanto dijo aquello se dio cuenta de que la enorme extensión de color plateado que había estado contemplando —sin darse cuenta— durante un buen rato era en realidad la arena del lecho marino y que todas las clases de manchas más oscuras o brillantes no eran luces y sombras sobre la superficie sino cosas reales situadas en el fondo. En aquellos momentos, por ejemplo, pasaban sobre una masa de un suave verde morado con una amplia y sinuosa franja color gris pálido en el centro. Pero ahora que sabía que estaba en el fondo la veía mucho mejor. Vio que partes de la masa oscura eran mucho más altas que otras y se balanceaban con suavidad.

—Igual que los árboles bajo el viento —dijo Lucy—. Y creo que eso es lo que son. Es un bosque submarino.

Pasaron por encima de aquello y al rato a la franja de color claro se unió otra franja pálida. «Si estuviera ahí abajo —pensó la niña—, esa franja sería igual que una carretera que atraviesa el bosque. Y ese lugar donde se une con la otra sería un cruce de caminos. Ojalá lo fuera. ¡Vaya! El bosque se acaba. ¡Y realmente creo que la franja era una carretera! Todavía la veo recorriendo la arena. Tiene un color distinto. Y está marcada con algo en los bordes... como líneas de puntos. A lo mejor son piedras. Y ahora se está ensanchando.»

Pero no se estaba ensanchando, se estaba acercando. Se dio cuenta por el modo en que la sombra del barco se aproximaba veloz hacia ella. Y la carretera —estaba segura ahora de que era una carretera— empezó a zigzaguear. Era evidente que ascendía por una colina empinada, y cuando la niña ladeó la cabeza y miró atrás, lo que vio se parecía mucho a lo que se ve al contemplar una carretera sinuosa desde lo alto de una colina. Incluso distinguió los haces de luz solar que atravesaban las profundas aguas hasta alcanzar el valle boscoso; y, muy a lo lejos, todo se fundía en un verde nebuloso. Sin embargo, algunos lugares

—los soleados, se dijo— eran de un color azul ul-
tramar.

No obstante, no pudo pasar mucho tiempo mirando atrás; lo que empezaba a avistarse ante ella
resultaba demasiado emocionante. Al parecer, la
carretera había llegado a lo alto de la colina y discurría recta al frente. Unos puntos pequeños se
movían de un lado a otro sobre ella. Y entonces
algo de lo más maravilloso, por suerte a plena luz
del sol —o tan a plena luz como se puede estar
cuando ésta atraviesa brazas y brazas de agua—
apareció ante sus ojos. Era nudoso y accidentado
y de un color nacarado o tal vez de marfil, y la
niña se encontraba casi tan encima de ello que al
principio apenas consiguió distinguir de qué se
trataba. Todo quedó muy claro cuando advirtió la
sombra que proyectaba. La luz del sol caía sobre
los hombros de Lucy, de modo que la sombra del
objeto se alargaba sobre la arena detrás de él. Y
mediante su forma vio con claridad que se trataba
de la sombra de torres y pináculos, minaretes y
cúpulas.

—¡Cielos! Es una ciudad o un castillo enorme
—se dijo Lucy—. Pero ¿por qué lo han construido
en lo alto de una montaña elevada?

Mucho después, cuando estuvo de vuelta en
casa y comentó todas aquellas aventuras con Ed-

mund, se les ocurrió una razón y estoy muy seguro de que es la verdadera. En el mar, cuanto más desciendes, más oscuro y frío se vuelve todo, y es allí abajo, en la oscuridad y el frío, dónde viven las criaturas peligrosas: el calamar, la serpiente marina y los kraken. Los valles son lugares inhóspitos y hostiles. Los habitantes de los mares sienten por sus valles lo mismo que nosotros por nuestras montañas. Es en las alturas, o, como nosotros diríamos, «en las zonas bajas», donde existe el calor y la tranquilidad. Los cazadores imprudentes y los caballeros valientes del mar descienden a las profundidades en misiones o en busca de aventuras, pero regresan a las alturas para encontrar descanso y paz, cortesía y consejo, deportes, bailes y canciones.

Habían dejado atrás la ciudad y el lecho marino seguía alzándose, encontrándose en aquellos momentos a unos pocos cientos de metros por debajo del barco. La calzada había desaparecido. Navegaban sobre un territorio despejado que recordaba un parque natural, salpicado de pequeños bosquecillos de vegetación de brillantes colores. Y entonces... Lucy casi lanzó un gritito de emoción... ¡Acababa de ver gente!

Había entre quince y veinte de personas, y todos montaban en caballitos de mar; no en los diminutos caballitos de mar que puedes haber visto en los museos sino en criaturas bastante mayores que sus jinetes. Lucy pensó que debían de ser gentes nobles y señoriales, pues distinguió el centelleo del oro en algunas frentes, y tiras de un material de color esmeralda o naranja ondulaban desde sus espaldas en la corriente. Entonces:

—¡Malditos peces! —exclamó Lucy, pues todo un banco de pequeños peces gordezuelos, que nadaban bastante cerca de la superficie, se había interpuesto entre ella y el Pueblo del Mar. No obstante, aunque aquello estropeó el panorama también dio pie a algo de lo más interesante. De improviso un pececillo feroz de una clase que la niña no había visto nunca surgió como una exhalación del fondo, lanzó una dentellada, hizo su captura y se hundió rápidamente con uno de los peces gordezuelos en la boca. Y todos los miembros del Pueblo del Mar estaban sentados en sus monturas con los ojos alzados, contemplando lo que había sucedido. Parecían conversar y reír. Y antes de que el pez cazador hubiera regresado junto a ellos con su presa, otro de la misma clase ascendió desde donde estaban aquellos seres. Lucy tuvo casi la certeza de que un hombre del mar, grandullón, que estaba montado en su caballo en el centro del grupo, lo había enviado o soltado; como si lo hubiera estado reteniendo hasta entonces en la mano o sobre la muñeca.

—Vaya por Dios —dijo Lucy—, es una partida de caza. Yo diría que más parecida a una cacería con halcones. Sí, eso es. Cabalgan con esos fieros peces en la muñeca igual que nosotros salíamos con los halcones cuando éramos reyes y reinas de Cair Paravel hace mucho tiempo. Y luego los echan a volar, o supongo que debería decir a nadar, contra los otros. ¿Qué...?

Se interrumpió bruscamente porque la escena cambiaba. El Pueblo del Mar había advertido la presencia del *Viajero del Alba*. El banco de peces se había desperdigado en todas direcciones: los seres acuáticos en persona ascendían para averiguar qué significaba aquella enorme cosa negra que se había interpuesto entre ellos y el sol. Y se encontraban ya tan cerca de la superficie que de haber estado en el aire en lugar de en el agua, la niña podría haber hablado con ellos. Había tanto hombres como mujeres, y todos lucían diademas de alguna clase e innumerables ristras de perlas. No llevaban ninguna otra clase de prenda. Los cuerpos eran del color del marfil viejo, los cabellos de un morado oscuro. El rey, situado en el centro —era imposible confundirlo con una persona que no fuera el rey—, contempló con expresión orgullosa y fiera el rostro de Lucy y agitó una lanza que empuñaba. Sus caballeros hicieron lo mismo. Los rostros de las damas aparecían atónitos. Lucy estuvo segura de que no habían visto jamás ni un barco ni un humano..., y ¿cómo iban a hacerlo, si habitaban mares situados más allá del Fin del Mundo a los que no llegaban jamás las naves?

—¿Qué contemplas con tanta atención, Lu? —dijo una voz muy cerca de ella.

La niña había estado tan absorta en lo que veía que se sobresaltó al oír aquello, y cuando se dio la vuelta descubrió que tenía el brazo dormido por haber estado tanto tiempo apoyada en la barandilla en una misma posición. Drinian y Edmund estaban junto a ella.

—¡Mirad! —respondió.

Ambos lo hicieron, pero casi al instante Drinian dijo en voz baja:

—Daos la vuelta de inmediato, Majestades; eso es, con la espalda al mar. Y no pongáis cara de estar hablando de nada importante.

—¿Por qué, qué sucede? —inquirió Lucy mientras obedecía.

—No conviene que los marineros vean todo eso —respondió el capitán—. Los hombres se enamorarían de una sirena, o del mundo submarino mismo, y saltarían por la borda. He oído que cosas así han sucedido en mares desconocidos. Siempre trae mala suerte ver a «esos» seres.

—Pero nosotros los conocíamos —replicó Lucy—, en los viejos tiempos en Cair Paravel cuando mi hermano Peter era Sumo Monarca. Todos salieron a la superficie y cantaron durante nuestra coronación.

—Creo que ésos debían de ser de una clase distinta, Lu —indicó Edmund—. Podían vivir en el aire tanto como bajo el agua. Yo diría que éstos no pueden. Por su aspecto habrían salido a la superficie y nos habrían atacado hace rato, de haber podido. Parecen muy feroces.

—En cualquier caso... —dijo Drinian, pero en aquel momento se oyeron dos sonidos.

Uno fue un chapoteo. El otro una voz desde la cofa militar que gritaba:

—¡Hombre al agua!

A continuación todos estuvieron muy ocupados. Algunos marineros treparon corriendo por la arboladura para plegar la vela; otros corrieron abajo para sacar los remos; y Rhince, que se encontraba de guardia en la popa, empezó a hacer girar el timón con energía para dar la vuelta y regresar junto al hombre que había caído por la borda. Para entonces, sin embargo, todo el mundo sabía que no era exactamente un hombre. Era Reepicheep.

—¡Maldito sea ese ratón! —masculló Drinian—. Da más problemas él que todo el resto de la tripulación junta. ¡Si existe un lío en el que meterse, en él se mete! Tendríamos que encadenarlo... pasarlo por la quilla... abandonarlo en una isla desierta... cortarle los bigotes. ¿Alguien puede ver a ese pequeño sinvergüenza?

Todo aquello no significaba que a Drinian le desagradara Reepicheep. Muy al contrario, le caía muy bien y por lo tanto sentía muchísimo miedo por él, y al estar asustado se ponía de malhumor; igual que una madre se enfada mucho más con uno si lo ve cruzar la calle delante de un coche de lo que se enfadaría un extraño. Nadie, desde luego, temía que el ratón se ahogara, pues era un nadador excelente; pero los tres que sabían qué sucedía bajo la superficie sentían miedo de aquellas largas y afiladas lanzas que empuñaban las criaturas marinas.

En unos pocos minutos el *Viajero del Alba* había dado la vuelta y todos pudieron ver en el agua la mancha oscura que era el ratón. Éste parloteaba con enorme excitación pero puesto que la boca no dejaba de llenársele de agua nadie conseguía comprender lo que decía.

—Va a desvelarlo todo si no lo hacemos callar —exclamó Drinian.

Para impedirlo se abalanzó hacia el costado y bajó una cuerda él mismo, mientras ordenaba a los marineros:

—Muy bien, muy bien. Todos de vuelta a vuestros puestos. Espero poder ser capaz de izar a un ratón sin ayuda.

Y mientras Reepicheep empezaba a trepar por la cuerda —sin demasiada agilidad debido a que su pelaje mojado pesaba en exceso—, Drinian se inclinó hacia él y le susurró:

—No hables. No digas una palabra.

Pero cuando el chorreante ratón alcanzó la cubierta resultó no estar en absoluto interesado en el Pueblo del Mar.

—¡Dulce! —chirrió—. ¡Dulce, dulce!

—¿De qué estás hablando? —inquirió Drinian, malhumorado—. Y no es necesario que te sacudas el agua encima de mí.

—Os digo que el agua es dulce —declaró el ratón—. Dulce, potable. No es salada.

Por un momento nadie comprendió la importancia de aquello; pero entonces Reepicheep volvió a repetir la antigua profecía:

> *Donde las olas dulces se vuelven,*
> *Reepicheep, si algo buscas no lo dudes,*
> *la respuesta hallarás en el este.*

Entonces, finalmente, todos comprendieron.

—Dame un cubo, Rynelf —dijo Drinian.

En cuanto se lo entregaron, lo bajó hasta el agua y lo volvió a subir. El líquido de su interior relucía como el cristal.

—¿Tal vez Su Majestad quiera probarla primero? —ofreció el capitán a Caspian.

El rey tomó el cubo con ambas manos, se lo llevó a los labios, sorbió un poco, luego tomó un buen trago y alzó el rostro. La expresión de su cara había cambiado; no sólo los ojos sino también todo en él parecía más luminoso.

—Sí —declaró—, es dulce. Es agua auténtica.

No estoy muy seguro de que no vaya a matarme; pero es la muerte que habría elegido... si hubiera conocido su existencia antes de ahora.

—¿Qué quieres decir? —preguntó Edmund.

—Es, es más parecida a luz que a otra cosa —respondió él.

—Eso es lo que es —asintió Reepicheep—. Luz que se puede beber. Sin duda estamos ya muy cerca del Fin del Mundo.

Hubo un momento de silencio y entonces Lucy se arrodilló en la cubierta y bebió del cubo.

—Es la cosa más deliciosa que he probado nunca —declaró con un dejo de asombro. Además... es revigorizante. Ya no necesitaremos comer nada.

Y uno a uno, todo el mundo a bordo bebió. Y durante un buen rato todos permanecieron en silencio, pues se sentían casi demasiado bien y demasiado fuertes para soportarlo; y al cabo de un rato empezaron a observar otro efecto. Como ya mencioné antes, había un exceso de luz desde que abandonaron la isla de Ramandu; el sol era demasiado grande —aunque no demasiado ardiente—, el mar demasiado brillante, el aire demasiado reluciente. La luz no disminuyó entonces —más bien, aumentó— pero podían soportarla y mirar directamente al sol sin pestañear. Eran capaces de ver más luz de la que habían visto antes. Y la cubierta, la vela y sus propios cuerpos se tornaron cada vez más brillantes e incluso todas y cada una de las cuerdas relucían. A la mañana siguiente, cuando salió el sol, ahora cinco o seis veces mayor que su antiguo tamaño, lo miraron con fijeza y distinguieron incluso las plumas de los pájaros que salían volando de él.

Casi nadie habló a bordo aquel día, hasta que llegó la hora de la cena —nadie quería cenar, el agua era suficiente para ellos—, cuando Drinian dijo:

—No lo comprendo. No hay ni un soplo de aire. La vela cuelga sin vida. El mar está plano como un estanque. Y sin embargo seguimos adelante a la misma velocidad que si soplara un vendaval a nuestra espalda.

—Yo también lo pensaba —manifestó Caspian—. Sin duda estamos atrapados en una corriente muy fuerte.

—Vaya —intervino Edmund—. Eso no resulta tan agradable si es que el mundo tiene realmente un borde y nos estamos acercando a él.

—Quieres decir —dijo Caspian—, ¿qué podríamos... como si dijéramos, caer por el?

—Sí, sí —exclamó Reepicheep, dando palmadas con las patas—. Así es como lo he imaginado siempre: el mundo como una gran mesa redonda y con las aguas de todos los océanos derramándose perpetuamente por el borde. El barco se alzará, se elevará sobre la proa, por un momento podremos ver por encima del borde... y luego, caeremos y caeremos, como un torrente, a toda velocidad...

—Y ¿qué crees que nos estará aguardando en el fondo? —inquirió Drinian.

—El país de Aslan tal vez —declaró el ratón con ojos brillantes—. O a lo mejor no hay fondo. Quizá se desciende eternamente. Pero sea lo que sea, ¿no valdrá la pena haber podido echar una ojeada por un momento al borde del mundo?

—Escuchad —intervino Eustace—, todo eso son

sandeces. El mundo es redondo; quiero decir, redondo como una pelota, no como una mesa.

—Nuestro mundo lo es —dijo Edmund—. Pero
¿lo es éste?

—¿Me estáis diciendo —interrumpió Caspian—
que vosotros tres venís de un mundo redondo,
como una pelota, y nunca me lo habéis contado?
Eso es una lástima. Porque nosotros tenemos cuen-
tos de hadas en los que hay mundos redondos y
siempre me han gustado muchísimo, aunque jamás creí que existieran de verdad. Sin embargo, siempre he deseado que existieran y ansiado
poder vivir en uno. Vaya, daría cualquier cosa...
¿cómo es posible que vosotros podáis entrar en
nuestro mundo y nosotros no podamos entrar jamás en el vuestro? ¡Si tuviera esa posibilidad!
Debe de resultar emocionante vivir en una cosa
que es como una pelota. ¿Habéis estado alguna
vez en los lugares en los que la gente vive del re-
vés?

—No se parece en nada a eso —declaró Edmund, negando con la cabeza, y luego añadió—:
No hay nada especialmente emocionante en un
mundo redondo cuando uno está allí.

CAPÍTULO 16

El auténtico Fin del Mundo

Reepicheep era el único a bordo, además de Drinian y los hermanos Pevensie, que había advertido la presencia del Pueblo del Mar. Se había zambullido al instante al ver que el Rey del Mar agitaba la lanza, pues lo consideró una especie de amenaza o desafío y quiso solventar el asunto allí mismo. La excitación que le produjo descubrir que el agua era potable había distraído su atención, y antes de que recordara otra vez a los seres marinos, Lucy y Drinian se lo habían llevado aparte y advertido que no mencionara lo que había visto.

En realidad no tendrían que haberse tomado tantas molestias, pues para entonces el *Viajero del Alba* se deslizaba por una parte del mar que parecía deshabitada. Nadie excepto Lucy volvió a ver a las criaturas, e incluso ella las vislumbró sólo por un breve instante. Toda la mañana del día siguiente navegaron por aguas poco profundas y el fondo estaba cubierto de maleza. Justo antes del mediodía Lucy vio un gran banco de peces que pastaban en las hierbas. Comían sin parar y se movían todos en la misma dirección. «Igual que ovejas», pensó, y de repente vio a una menuda niña marina, más o menos de su misma edad, en medio de todos ellos; una niña de aspecto tranquilo y retraído con una especie de cayado en la mano. Lucy tuvo la seguridad de que aquella niña debía de ser una pastora —una pastora marina, claro— y que el banco de peces era en realidad un rebaño que pastaba. Tanto los peces como la niña estaban bastante cerca de la superficie, y justo cuando la niña, deslizándose en las someras aguas, y Lucy, inclinada sobre la borda, quedaron la una frente a la otra, la niña alzó los ojos y miró a Lucy directamente a la cara. Ninguna podía hablar a la otra y en un instante la niña marina quedó a popa; pero Lucy jamás olvidaría su rostro. No parecía asustada ni enojada como los otros miembros del Pueblo del Mar. A Lucy le había caído bien aquella pequeña y estaba segura de que a la niña también le había caído simpática ella y en aquel momento se habían convertido en amigas en cierto modo. No creo que existan demasiadas posibilidades de que vuelvan a encontrarse en ese mundo o en ningún otro; pero si alguna vez lo hacen correrán la una al encuentro de la otra con los brazos extendidos.

Después de aquello, durante muchos días, el *Viajero del Alba* se deslizó suavemente hacia el este, sin viento en los obenques ni espuma en la proa, a través de un mar sin olas. De día en día y de hora en hora la luz se tornaba más brillante y ellos seguían soportándola sin problemas. Nadie comía ni dormía ni tampoco deseaba hacerlo, pero sacaban cubos de deslumbrante agua del mar, más fuerte que el vino y en cierto modo más mojada, más líquida, que el agua corriente, y brindaban unos a la salud de los otros en silencio tomando grandes tragos. Y uno o dos de los marineros de más edad al inicio del viaje empezaron a rejuvenecer día tras día. Todo el mundo a bordo se sentía lleno de alegría y emoción, pero no era la clase de emoción que nos obliga a hablar. Cuanto más lejos navegaban menos hablaban, y cuando lo hacían era casi en susurros. La quietud de aquel último mar los dominaba.

—Milord —dijo Caspian a Drinian un día—, ¿qué se ve al frente?

—Señor —respondió él—, veo blancura. A lo largo de toda la línea del horizonte de norte a sur, hasta donde alcanzan mis ojos.

—Eso es lo que veo yo también, y no imagino qué puede ser.

—Si nos halláramos en latitudes más elevadas, Majestad —indicó Drinian—, diría que se trata de hielo. Pero no puede ser eso; no aquí. De todos modos, lo mejor será que pongamos hombres a remar e impidamos que la corriente nos arrastre. ¡Sea lo que sea aquella cosa, es mejor que no nos estrellemos contra ella a esta velocidad!

Hicieron lo que Drinian decía, y siguieron adelante cada vez más despacio. La blancura no perdió ni un ápice de su aire misterioso a medida que se acercaban. Si se trataba de tierra debía de ser una tierra muy extraña, pues parecía tan lisa como el agua y a su mismo nivel. Cuando estuvieron muy cerca, Drinian hizo girar con fuerza el timón para colocar el *Viajero del Alba* de cara al sur, de modo que quedara de costado a la corriente, y remaron un poco en esa dirección a lo largo del borde de aquella superficie blanca. Al hacerlo, realizaron accidentalmente el importante descubrimiento de que la corriente tenía poco más de doce metros de anchura y de que el resto del mar estaba tan quieto como un estanque. Aquello fue una buena noticia para la tripulación, que ya había empezado a pensar que el viaje de regreso a la isla de Ramandu, remando sin cesar contra corriente, no sería nada divertido. (Aquello explicaba también por qué la pastora había quedado tan rápidamente a popa. La niña no se encontraba en la corriente, pues de haberlo estado se habría movido hacia el este a la misma velocidad que la nave.)

Y puesto que seguían siendo incapaces de descifrar qué era aquella cosa blanca, arriaron el bote y éste partió a investigar. Los que quedaron a bordo del *Viajero del Alba* vieron cómo la embarcación se abría paso por entre la blancura, y en seguida oyeron las voces del grupo del bote —con suma claridad a través de las quietas aguas— conversando en tonos agudos y sorprendidos. Luego hubo una pausa mientras Rynelf sondeaba la profundidad desde la proa de la barca; y cuando, después de eso, la embarcación remó de vuelta a la nave parecía haber gran cantidad de aquella cosa blanca en su interior. Todos se amontonaron en el costado del barco para escuchar lo que tenían que decir.

—¡Lirios, Majestad! —gritó Rynelf, poniéndose en pie en la proa.

—¿Qué habéis dicho?

—Lirios en flor, Majestad —dijo Rynelf—. Igual que en un estanque o en un jardín de nuestro país.

—¡Mira! —dijo Lucy, que estaba en la popa del bote, alzando los húmedos brazos llenos de pétalos blancos y hojas amplias y planas.

—¿Qué profundidad hay, Rynelf? —preguntó Caspian.

—Eso es lo más curioso, Majestad —respondió éste—. Sigue siendo profundo. Un mínimo de tres brazas y media.

—No pueden ser lirios; no lo que nosotros llamamos «lirios» —dijo Eustace.

Probablemente no lo eran, pero se parecían mucho a ellos. Y cuando, tras charlar unos minutos, el *Viajero del Alba* regresó a la corriente y empezó a deslizarse a través del Lago de los Lirios o Mar de Plata —probaron ambos nombres pero fue el de Mar de Plata el que permaneció y el que aparece en el mapa de Caspian— se inició la parte más peculiar del viaje. Muy pronto el mar abierto que abandonaban quedó reducido a un fino reborde azul en el horizonte occidental y la blancura, veteada del más tenue de los dorados, se extendió a su alrededor por todas partes, excepto justo en la popa, donde su paso había apartado los lirios y dejado una senda despejada de agua que brillaba como un espejo de color verde oscuro. En aspecto, aquel último mar se parecía mucho al mar Ártico; y de no ser porque sus ojos se habían vuelto tan resistentes como los de un águila, el sol sobre toda aquella blancura —especialmente a primera hora de la mañana cuando el sol era mayor— habría resultado insoportable. Y cada tarde la blancura provocaba que la luz diurna durara más. Los lirios no parecían tener fin. Día tras día, de todos aquellos kilómetros y leguas de lirios se alzaba un perfume que a Lucy le costaba mucho describir: dulce... sí, pero en absoluto letárgico y abrumador, sino un aroma fresco, silvestre y solitario que parecía penetrar en el cerebro y provocar que uno sintiera deseos de subir montañas corriendo o de pelear con un elefante. Tanto la niña como Caspian se decían mutuamente:

—Siento que no voy a poder soportarlo durante más tiempo, y sin embargo, no deseo que cese.

Echaban la sonda muy a menudo pero hasta varios días más tarde el agua no empezó a resultar menos profunda. Después de aquello siguió perdiendo profundidad de un modo constante, y llegó un momento en que tuvieron que remar fuera de la corriente y avanzar a paso de tortuga, remando. Y no tardó en quedar claro que el *Viajero del Alba* ya no podía seguir navegando hacia el este. En realidad se salvó de encallar gracias a un manejo muy hábil.

—Arriad el bote —ordenó Caspian—, y luego

llamad a los hombres a popa. Debo hablar con ellos.

—¿Qué va a hacer? —musitó Eustace a Edmund—. Tiene una mirada extraña en los ojos.

—Creo que la tenemos todos —respondió éste.

Se reunieron con Caspian en la toldilla y muy pronto toda la tripulación estaba agrupada al pie de la escalera para oír lo que tenía que decir el monarca.

—Amigos —dijo Caspian—, hemos cumplido ya la misión en la que nos embarcamos. Hemos averiguado lo que les sucedió a los siete lores, y puesto que sir Reepicheep ha jurado no regresar jamás, cuando lleguéis al País de Ramandu sin duda encontraréis que los lores Revilian, Argoz y Mavramorn se han despertado. A vos, milord Drinian, os confío la nave, y os ordeno que naveguéis en dirección a Narnia a toda la velocidad que os sea posible, y sobre todo que no desembarquéis en la Isla del Agua Letal. Y dad instrucciones a mi regente, el enano Trumpkin, para que entregue a todos estos camaradas de la tripulación las recompensas que prometí. Se las han ganado con creces. Y, si no regreso, es mi voluntad que el regente, maese Cornelius, el tejón, Buscatrufas y lord Drinian elijan un rey de Narnia con el consentimiento...

—Pero señor —interrumpió Drinian—, ¿estáis abdicando?

—Me marcho con Reepicheep a ver el Fin del Mundo —anunció Caspian.

Un sordo murmullo de consternación recorrió la tripulación.

—Nos llevaremos el bote —siguió Caspian—. No lo necesitaréis en estas aguas mansas y ya construiréis otro en la Isla de Ramandu. Y ahora...

—Caspian —dijo Edmund de improviso y con severidad—, no puedes hacerlo.

—Ciertamente —intervino Reepicheep—, Su Majestad no puede hacerlo.

—Desde luego que no —corroboró Drinian.

—¿No puedo? —replicó Caspian con brusquedad, recordando por un momento a su tío Miraz.

—Si me disculpa, Su Majestad —intervino Rynelf desde la cubierta inferior—, si uno de nosotros hiciera lo mismo se le llamaría desertar.

—Os tomáis demasiadas libertades a cuenta de vuestros muchos años de servicio, Rynelf —replicó Caspian.

—¡No, señor! Tiene toda la razón —dijo Drinian.

—¡Por la Melena de Aslan! —exclamó Caspian—. Pensaba que erais mis súbditos, no mis maestros.

—Yo no lo soy —dijo Edmund—, y te digo que no puedes hacer eso.

—¡Y dale con que no puedo! —replicó él—. ¿Qué quieres decir?

—Con el permiso de Su Majestad, queremos decir que «no debéis» —indicó Reepicheep con una profunda reverencia—. Sois el rey de Narnia. Faltáis a la palabra dada a todos vuestros súbditos, y en especial a Trumpkin, si no regresáis. No podéis correr las aventuras que os vengan en gana como si fuerais una persona corriente. Y si Su Majestad no quiere atender a razones será una demostración de auténtica lealtad por parte de cada hombre de a bordo ayudarme a desarmaros y ataros hasta que hayáis recobrado el juicio.

—Exacto —dijo Edmund—. Igual que hicieron con Ulises cuando quiso acercarse a las sirenas.

La mano de Caspian había ido hacia la empuñadura de su espada, cuando Lucy dijo:

—Y casi prometiste a la hija de Ramandu que regresarías.

—Muy bien, sea como queréis. La misión ha finalizado. Regresamos todos. Volved a subir el bote.

—Señor —dijo Reepicheep—, no regresamos todos. Yo, tal como dije antes...

—¡Silencio! —vociferó Caspian—. Me habéis amonestado pero no permitiré que se me acose. ¿Es que nadie hará callar a ese ratón?

—Su Majestad prometió —protestó Reepicheep— ser un buen señor para las Bestias Parlantes de Narnia.

—Bestias Parlantes, sí —replicó Caspian—. No dije nada respecto a bestias que no se callan jamás. —Se lanzó escaleras abajo hecho una furia y entró en el camarote, dando un portazo.

Cuando los demás volvieron a reunirse con él algo más tarde lo encontraron cambiado; tenía el rostro pálido y había lágrimas en sus ojos.

—Es inútil —anunció—. Habría sido mejor que me comportara de un modo decente, para lo que ha servido mi malhumor y mis fanfarronadas. Aslan me ha hablado. No; no quiero decir que haya estado aquí de verdad. Para empezar, no cabría en el camarote. Pero esa cabeza de león de oro de la pared cobró vida y me habló. Fue terrible... la expresión de sus ojos. No es que se mostrara grosero conmigo; sólo un poco severo al principio. Y dijo... dijo..., no puedo soportarlo. Lo peor que podría haber dicho. Vosotros debéis seguir adelante... Reep, Edmund, Lucy y Eustace; y yo debo regresar. Solo. Y de inmediato. Y ¿de qué sirve todo lo que hemos hecho?

—Querido Caspian —dijo Lucy—. Sabías que tendríamos que regresar a nuestro mundo tarde o temprano.

—Sí —respondió él con un sollozo—, pero es demasiado pronto.

—Te sentirás mejor cuando regreses a la Isla de Ramandu —declaró la niña.

El joven rey se animó al cabo de un rato, pero fue una despedida dolorosa por ambas partes y no me extenderé en ella. Sobre las dos de la tarde, bien aprovisionados y con suficiente agua —aunque pensaban que no tendrían necesidad de comida ni agua— y con la barquilla de Reepicheep a bordo, el bote se apartó del *Viajero del Alba* para alejarse remando a través de la interminable alfombra de lirios. La nave hizo ondear todos sus estandartes y colgó todos sus escudos en honor de su marcha, apareciendo enorme y hogareña desde donde ellos se encontraban allí abajo, rodeados de lirios. Y antes de que se perdiera de vista vieron cómo viraba y empezaba a remar despacio hacia el oeste. Sin embargo, a pesar de que derramaron algunas lágrimas, Lucy no lo sintió tanto como podría haberse esperado. La luz, el silencio, el estimulante olor del Mar de Plata, incluso (de un modo curioso) la soledad misma, resultaban demasiado emocionantes.

No había necesidad de remar, pues la corriente los empujaba sin pausa hacia el este. Ninguno durmió ni comió. Toda aquella noche y todo el día siguiente se deslizaron hacia el este, y cuando amaneció el tercer día —con una luminosidad que ni tú ni yo podríamos soportar ni siquiera con gafas de sol— contemplaron un prodigio al frente. Era como si se alzara un muro entre ellos y el cielo, una pared temblorosa y reluciente de un color gris verdoso. Luego el sol se alzó, y mientras se elevaba pudieron contemplarlo a través de la pared, que se convirtió en un maravilloso arco iris de colores. Comprendieron que el muro era en realidad una ola larga y alta; una ola eternamente fija en un lugar como se ve a menudo en el borde de una cascada. Parecía medir unos nueve metros de altura, y la corriente los empujaba veloz hacia ella. Podría suponerse que habrían pensado en el peligro que podían correr en aquellos momentos, pero no lo hicieron. No creo que nadie lo hubiera hecho en su lugar; pues, justo entonces, vieron algo no ya detrás de la ola, sino detrás del sol. Aunque no habrían podido ver ni siquiera el sol si el agua del Último Mar no hubiera reforzado sus ojos. Sin embargo, ahora podían contemplar el sol naciente con claridad y distinguir cosas situadas más allá. Lo que vieron —al este, detrás del sol— fue una cordillera montañosa. Era tan alta que o bien jamás vieron su parte superior, o bien olvidaron haberla visto, pues ninguno recordó haber visto el cielo en aquella dirección. Y las montañas realmente debían de hallarse fuera del mundo, pues cualquier montaña que tuviera siquiera una vigésima parte de aquella altura tendría que haber estado cubierta de hielo y nieve. Pero aquellas aparecían cálidas y verdes, y llenas de bosques y cascadas por muy alto que uno mirara. Y de repente empezó a soplar una brisa del este, dando a la parte superior de la ola formas cubiertas de espuma a la vez que agitaba las tranquilas aguas que rodeaban el bote. Duró sólo un segundo aproximadamente pero lo que aquel segundo les proporcionó ninguno de los tres niños lo olvidará jamás. Ofreció a la vez un aroma y un sonido, un sonido musical. Edmund y Eustace jamás quisieron hablar de ello después. Lucy sólo pudo decir:

—Nos partió el corazón.

—¿Por qué? —pregunté yo—. ¿Tan triste era?

—¡¡Triste!! No —respondió Lucy.

Nadie en aquel bote tuvo la menor duda de que veían más allá del Fin del Mundo y contemplaban el país de Aslan.

En aquel momento, con un crujido, el bote encalló. El agua tenía muy poca profundidad para él.

—Aquí —anunció Reepicheep— es donde yo sigo solo.

Ni siquiera trataron de detenerlo, pues todo parecía entonces como si estuviera predestinado o hubiera sucedido antes, limitándose a ayudar a su amigo a bajar la barca al agua. A continuación el ratón se quitó la espada («ya no la necesitaré más», declaró) y la arrojó muy lejos, al mar de lirios. El arma quedó en posición vertical, allí donde cayó, con la empuñadura sobresaliendo por encima de la superficie. Luego se despidió de ellos, intentando mostrarse triste para no ofenderlos, aunque en realidad temblaba de felicidad. Lucy hizo entonces, por primera y última vez, lo que siempre había deseado hacer, tomarlo en sus brazos y acariciarlo. Acto seguido, el ratón subió apresuradamente a su embarcación y tomó el remo, y la corriente lo atrapó y lo arrastró con ella, una figura muy oscura recortándose contra los lirios. Pero no crecían lirios en la ola, que era una ladera verde y lisa. La pequeña barca avanzó cada vez más de prisa, y con toda elegancia ascendió por la pared de la ola. Durante una fracción de segundo vieron su silueta y la de Reepicheep en la cima misma. Luego se desvaneció, y desde aquel momento nadie puede afirmar realmente haber visto al ratón Reepicheep. Sin embargo, lo que yo creo es que llegó sano y salvo al país de Aslan y sigue viviendo allí hoy día.

A medida que el sol se alzaba, la imagen de aquellas montañas situadas fuera del mundo se fue desvaneciendo. La ola permaneció allí pero no había más que cielo azul detrás de ella.

Los niños saltaron de la embarcación y vadearon, pero no en dirección a la ola sino hacia el sur, con la pared de agua a su izquierda. No podrían haber explicado por qué lo hacían; era su destino. Y aunque se habían sentido —y habían actuado— como adultos a bordo del *Viajero del Alba*, ahora experimentaban todo lo contrario y se tomaron de las manos mientras vadeaban por entre los lirios. No notaron cansancio. El agua estaba caliente y cada vez era menos profunda. Por fin llegaron a un lugar donde había arena seca, y de allí pasaron a una superficie con hierba; una enorme extensión de hierba muy corta, casi al mismo nivel que el Mar de Plata y extendiéndose en todas direcciones sin una topera siquiera.

Y desde luego, como sucede siempre en un lugar totalmente llano y sin árboles, parecía como si el cielo descendiera al encuentro de la hierba frente a ellos. De todos modos, a medida que seguían adelante tuvieron la extrañísima impresión de que allí sí que el cielo descendía realmente para unirse a la tierra, en forma de pared azul, muy brillante, pero real y sólida: más parecida a cristal que a cualquier otra cosa. Y no tardaron en estar muy seguros de que así era. Se encontraba muy cerca ya.

No obstante, entre ellos y la parte inferior del cielo había algo tan blanco sobre la hierba verde que ni siquiera sus ojos de águila podían contemplarlo. Se acercaron y descubrieron que se trataba de una oveja.

—Venid a desayunar —dijo la oveja con su voz dulce y tierna.

En ese momento advirtieron por vez primera que había un fuego encendido en la hierba y pescado asándose en él. Se sentaron y devoraron el pescado, hambrientos por vez primera desde hacía muchos días. Y fue la comida más deliciosa que habían probado jamás.

—Por favor, oveja —dijo Lucy—, ¿es éste el camino al país de Aslan?

—No para vosotros —respondió ella—. Para vosotros la puerta al país de Aslan se encuentra en vuestro propio mundo.

—¿Qué? —exclamó Edmund—.

¿También hay un modo de llegar al país de Aslan desde nuestro mundo?

—Existe un camino hasta mi país desde todos los mundos —dijo la oveja, pero mientras hablaba, su manto níveo se transformó en rojo dorado y su tamaño cambió y se convirtió en el mismísimo Aslan, elevándose por encima de ellos a la vez que proyectaba haces de luz desde su melena.

—Aslan —dijo Lucy—, ¿nos dirás cómo entrar en tu país desde nuestro mundo?

—Os lo diré tantas veces como haga falta —respondió él—. Pero no os diré lo largo o corto que será; únicamente que se encuentra al otro lado de un río. Pero no temáis, porque yo soy el gran Constructor de Puentes. Y ahora venid; abriré una puerta en el cielo y os enviaré de vuelta a vuestro país.

—Por favor, Aslan —dijo Lucy—. Antes de que nos vayamos, ¿nos dirás cuándo podremos regresar a Narnia otra vez? Por favor. Y por favor, por favor, haz que sea pronto.

—Querida mía —respondió Aslan con dulzura—, ni tú ni tu hermano regresaréis jamás a Narnia.

—¡Aslan! —exclamaron Edmund y Lucy a la vez, con un tono de desesperación en sus voces.

—Sois demasiado mayores, chicos —dijo él—, y ahora debéis empezar a acercaros más a vuestro propio mundo.

—No se trata de Narnia, ¿sabes? —sollozó Lucy—. Se trata de ti. No te veremos allí. Y ¿cómo podremos vivir sin volver a verte?

—Pero me veréis, querida mía —respondió Aslan.

—¿Estás... estás también allí, señor? —preguntó Edmund.

—Lo estoy —respondió el león—, pero allí tengo otro nombre. Tenéis que aprender a conocerme por ese nombre. Éste fue el motivo por el que se os trajo a Narnia, para que al conocerme aquí durante un tiempo, me pudierais reconocer mejor allí.

—¿Y tampoco volverá nunca Eustace? —quiso saber Lucy.

—Pequeña —dijo Aslan—, ¿realmente necesitas saber eso? Vamos, estoy abriendo la puerta en el cielo.

Entonces, de repente, se produjo un desgarrón en la pared azul —como si se rasgara una cortina—, surgió una terrible luz blanca de más allá del cielo, percibieron el contacto de la melena de Aslan y un beso de león en la frente y a continuación... se encontraron de vuelta en el dormitorio de la parte de atrás de la casa de la tía Alberta, en Cambridge.

Sólo hay dos cosas más que es necesario contar. Una es que Caspian y sus hombres regresaron sanos y salvos a la Isla de Ramandu, los tres lores despertaron de su sueño, Caspian se casó con la hija de Ramandu y todos llegaron finalmente a Narnia, donde la joven se convirtió en una gran reina y en madre y abuela de grandes reyes. La otra es que, una vez de vuelta en nuestro propio mundo, la gente no tardó en comentar lo mucho que había mejorado Eustace, y cómo «Es increíble que se trate del mismo muchacho»; todos lo decían excepto la tía Alberta, que declaró que se había vuelto muy vulgar y pesado, y que sin duda se debía a la influencia de aquellos niños Pevensie.

La Silla de Plata

Jill se sentía especialmente desdichada un aburrido trimestre de otoño en su horrible escuela, así que, cuando Eustace intentó consolarla con relatos sobre el país maravilloso
que había visitado durante las vacaciones anteriores, la
niña decidió que la única esperanza para ambos era huir y
encontrar aquel mundo mágico. Por eso, armándose de valor, los dos niños se arrastran bajo los laureles y empujan
con energía la puerta situada en el muro de piedra.

Una vez fuera de los terrenos de la escuela, fuera de
Inglaterra, fuera de nuestro mundo y dentro de Aquel
Lugar, se inicia una de las aventuras más emocionantes y
agotadoras que habían sucedido jamás en Narnia. En esta
ocasión, Aslan encomienda a los niños la tarea de encontrar a Filian, el adorado hijo del rey Caspian, que ha desaparecido mientras buscaba al asesino de su madre. Para
ayudar a Jill y Eustace en su misión de búsqueda y rescate
por los estratos subterráneos de Narnia, Aslan les da cuatro señales que deben obedecer. Tienen que actuar de prisa
porque Caspian es muy anciano, pero en su precipitación
olvidan tres de las señales cruciales. El tiempo y el azar parecen estar en su contra desde el principio.

Ésta es la sexta aventura de
Las Crónicas de Narnia